30 días
para morir
Resiliencia o supervivencia

PABLO GROVER CERVANTES

Reservados todos los derechos. No se permite la reproducción total o parcial de esta obra, ni su incorporación a un sistema informático, ni su transmisión en cualquier forma o por cualquier medio (electrónico, mecánico, fotocopia, grabación u otros) sin autorización previa y por escrito de los titulares del copyright, excepto breves citas y con la fuente identificada correctamente. La infracción de dichos derechos puede constituir un delito contra la propiedad intelectual.

El contenido de esta obra es responsabilidad del autor y no refleja necesariamente las opiniones de la casa editora. Todos los textos e imágenes fueron proporcionados por el autor, quien es el único responsable por los derechos de los mismos.

Publicado por Ibukku, LLC
www.ibukku.com
Diseño de portada: Ángel Flores Guerra Bistrain
Diseño y maquetación: Diana Patricia González Juárez
Copyright © 2024 Pablo Grover Cervantes
ISBN Paperback: 978-1-68574-730-5
ISBN Hardcover: 978-1-68574-735-0
ISBN eBook: 978-1-68574-734-3

ÍNDICE

DEDICATORIA	5
RESILIENCIA O SUPERVIVENCIA LA BLASFEMIA	7
CAPÍTULO I LA LOCURA	9
CAPÍTULO II EL CONTEXTO DE LOS TREINTA DÍAS	13
CAPÍTULO III CURIOSEANDO	21
CAPÍTULO IV LA MARCA DEL HOMBRE	31
CAPÍTULO V EL GATO EN MEDIO DE LOS PERROS	39
CAPÍTULO VI LA CUEVA DEL LOBO	47
CAPÍTULO VII SUELTO EN LA JAURÍA DE LOBOS	51
CAPÍTULO VIII SOBREVIVIENDO AL SEGUNDO EMBATE QUE LA VIDA ME PONÍA, SIN PODER SOBREVIVIR A MÍ MISMO	59
CAPÍTULO IX LA FAMILIA SIEMPRE PRETENDE ESTAR AHÍ. AHORA YO ESTARÍA AHÍ PARA MÍ	65
CAPÍTULO X LA CARNE FRESCA	73
CAPÍTULO XI EL EXILIO	83
CAPÍTULO XII EL EXILIO, PARTE II	89
CAPÍTULO XIII EL REGRESO	97
CAPÍTULO XIV LA VENGANZA	103
CAPÍTULO XV POR FIN LLEGÓ EL DÍA TREINTA	111

DEDICATORIA

Este libro, cuento, novela, denuncia o biografía, como mejor quieran creerlo, se lo dedico a esos ángeles que se presentan en tu camino para ayudarte a superar esos momentos oscuros que, aunque muchas veces no sabes si es resiliencia, tu actuar o solo sobrevivencia para aferrarte a la vida, a mí me dio el valor para publicar este manuscrito, una aurora que con su luz me mostró que siempre existen cosas más importantes por las cuales aferrarte a la vida, una psiquiatra que, con su sonrisa igualita a una rosa linda, te hace saber y sentir que no estás solo en la batalla contra los diferentes trastornos que te puede generar una vida siendo el más vendido. Me tomó muchos años atreverme a hablar, miedo, prejuicios y en algunos momentos amenazas se interpusieron. Sin embargo, hoy agradezco mucho a toda la gente que supo de la historia y me alentó a plasmarla en mis propias palabras. A mi pareja, a la cual sé que, pese a sus principios y buen corazón, no leerá por petición mía esta historia. Agradezco también a mi familia, los cuales se esforzaron mucho en que esto no se supiera porque, aún en pleno siglo XXI, siguen pensando que ser perfecto es no contar tus defectos. Piensan que la vida es color de rosa y no los culpo, para ellos es más fácil pensar que esto solo es una novela corta, tratando de ignorar que sus manos también están teñidas con la sangre de mi corazón, que uno a uno se encargaron de devorarlo. Espero no haberme tardado tanto y que inspire a por lo menos una persona más a alzar la voz y nos cuente su historia mínimo para que sepa que de este lado del continente aquí hay alguien que los va a entender, no juzgar y tratar de ayudar. Gracias por aguantarlo y espero que, pese al tiempo y la distancia, un León sepa que siempre le voy a dar mi vida misma en forma de tributo y siempre vas a ser el niño más valiente que nunca debió haber estado en el momento equivocado a la hora equivocada. GRACIAS...

RESILIENCIA O SUPERVIVENCIA
LA BLASFEMIA

Siempre me han dicho que nuestras acciones son las que nos definen.

Si Oscar Wilde se atrevió a escribir *El retrato de Dorian Gray*, donde se narran diversos capítulos bastante estimulantes para la libido humana y García Márquez, *Memoria de mis putas tristes*, donde al parecer la pedofilia juega un papel literario muy importante, no va a existir nada que me detenga para escribir la historia que le sucedió al primo de un amigo, al que para fines prácticos vamos a llamar Benito.

No sé si escribirlo como una novela o como una cadena de sucesos desafortunados, o peor aún, una autobiografía; lo que sí tengo claro es que esta vez voy a abrirme, pero lo voy a hacer de tal forma que la sangre que ahí dentro de mí escurra por mis manos. Quiero ver mi corazón rodar y mi alma pidiéndome a gritos que no continúe. Es más, esto lo puedo denominar un suicidio del alma. Suena medio morboso y les prometo que en algún momento va a sonar excitante y hasta erótico, y otras tantas se hundirá en la depresión, pero la experiencia al leer esto va a ser completamente diferente a cualquier otra sensación que hayan tenido al leer un libro. Igual hasta se horrorizan al darse cuenta de que les excito o les generan morbo las cosas más extrañas que le pasan al bueno de Benito.

Es impresionante cómo la doble o triple moral que las personas poseemos juega un papel muy importante en nuestras vidas. Algunas veces, cuando hacemos la moral a lado y dejamos fluir de forma consciente nuestras sensaciones o sentimientos, nos podemos horrorizar al preguntarnos qué es lo que nos genera placer.

Otras tantas, cuando la moral y los falsos valores o valores entendidos hacen su trabajo, terminamos personándonos y cerrándonos a lo que no nos gusta. Es por eso por lo que no los culparía si a mitad de este libro deciden cerrar los ojos y hacer caso omiso a lo que leyeron, pensando únicamente que esto solo sucede en las novelas o cuentos de horror, o simplemente son cosas que aparecen en los periódicos, sin indagar ni escarbar en el trasfondo de las situaciones que nos llevan a hacer cosas de las cuales aprendemos. El más vendido es un libro que contiene una dosis muy alta de realismo, pero esta acompañada de otra muy pequeña de ficción; pero, a final de cuentas, las verdades no son absolutas y los puntos de vista son relativos.

Los días hermosos están acompañados de nubes negras, dependiendo del concepto de hermosura de cada uno. Las flores pueden ser perfectas en el momento que comienza el proceso de marchitación, dependiendo de la perspectiva de cada uno.

Lo cierto es que este libro te va a llevar a dar un viaje dentro de una *novela* que está completamente fuera del entendimiento de todo lo que se conoce como moral, fuera de cada uno de los puntos que marcan lo que debería ser y que en la práctica no es.

Por sugerencia de alguna persona que considero que cuenta con una vena literaria muy rica, he decidido prepararlos para cada situación incómoda en la que se van a encontrar, pero eso no garantiza que tú como lector no vayas a sentir los estragos de algo que nunca sabrás en realidad si sucedió o no. Te doy tu libre albedrío y lo dejo a tu elección.

CAPÍTULO I
LA LOCURA

Dicen que las mentes brillantes son difíciles de entender.
Eso me dijo José y terminé en el manicomio.

El peso de esa armadura que a lo largo de los años se me ha ido adhiriendo a mi cuerpo y ya no la soporto, careta tras careta, escudos y espadas. Todo eso ya está desgastado y oxidado. El peso de cada objeto no le permite respirar a esas cicatrices que se encargan de recordarme cada una de mis batallas, algunas ganadas y otras tantas perdidas. Creo que hoy será mi última batalla y no sé si con esta vestimenta oxidada será suficiente para enfrentarme a eso, pero que me he enfrentado a mis veintiocho años a mí mismo.

No sé si estoy muriendo o estoy renaciendo. Escribo esto sentado en mi departamento, con el estómago lleno de hambre y la nostalgia por compañera.

No sé qué es peor, si tener el estómago vacío o un hambre de éxito que nunca he podido satisfacer con plenitud. Realmente siento que estoy muriendo.

El día de hoy desperté con el tictac imaginario de un reloj que solo tiene fines estéticos, porque dejó de funcionar el día que mi padre se fue, y solo él sabía darle cuerda y hacer trabajar a tan valiosa reliquia tallada en caoba y pintada de un café que a estas alturas del partido ya hace notar que el tiempo también a él le ha hecho sus estragos, aún sin funcionar. Entre ese reloj y mi título universitario, el cual se encuentra colgado al lado, no encontré mucha diferencia: los dos llenos de polvo y un tanto perjudicados. Lo peor del caso es que entendí que ninguno de los dos tiene mayor función que adornar de una forma muy estética una pared gris; pero no es cualquier gris, es un gris que yo mismo me encargué de poner el día que llegué a este lugar.

Recuerdo todo lo que imaginaba en cada una de las pinceladas que con tanta fuerza quedaron marcadas en la pared. En ese momento era la más prometedora, y digo prometedora porque me propuse llenarla de tantos reconocimientos como me fuera posible. Lo cierto es que ahora y a diario esa pared o muro del ego me recuerdan que mi vida es un asco.

Terminé una increíble carrera de arquitecto después de muchos intentos fallidos de mi madre por que estudiara, hasta que por fin se le hizo que le entregara las increíbles fotos de aquella graduación que estuvo espectacular, y digo fotos porque no fue posible que ella asistiera, pero desde donde se encontraba, a unos tres mil kilómetros de distancia, me mandó las mejores vibras del mundo y yo las recibí de la mejor manera que podía, con una botella de *whisky* y dos copas de vino en mi sistema.

Aún no logro descifrar cómo es que quedé en esta situación. Entrando en contexto, estoy en un departamento de tres por seis, y digo departamento porque así fue como lo encontré en el periódico, pero yo le podría llamar cuarto o estudio para que se escuchase un poco más *nice*, como dicen mis amigos los *nice*. Bueno, el punto es que me encuentro aquí escribiendo con solo un refrigerador que contiene dos huevos, y qué huevos... Tomando en cuenta el incremento de la canasta básica de mi país debería sentirme orgulloso. Lo cierto es que no lo estoy, siguiendo con el recorrido de lo que me acompaña. También cuento con una estufa que no es muy amigable, solo funciona cuando quiere, o mejor dicho cuando ahí para pagar el gas, pero aún así creo que no le caigo muy bien. Tal vez es porque al igual que a mí solo la alimento cuando el bolsillo lo permite. Al lado de esa desentrañable estufa se encuentra un sillón viejo que cuido mucho porque era de mi abuelo o tal vez porque no tengo otra cosa que llene ese espacio vacío, y es que ese sillón tiene doble función, por las mañanas es sillón y por las noches cama.

Eso es todo lo material que me acompaña. Sin embargo, sé que tengo muchas cosas más dentro de mí que es muy difícil enumerar, como mi terrible asco a la cebolla o mi hábito enfermo a masturbarme por las mañanas. «Les dije que podría excitarles en algún momento», o que tal esa costumbre a estar desnudo todo el tiempo en mi increíble departamento, o mejor aún, esa costumbre de meter personas con el único propósito de tener relaciones sexuales para así poder hacer que me platiquen algo de sus vidas, y es que no sé qué tengo que inspiro a las personas a que me cuenten las partes feas de sus vidas. No sé si soy yo o el ambiente conmovedor de mi departamento que es el que les proporciona la inspiración. Mientras tanto yo camino desnudo por todo el lugar fingiendo poner todo mi interés, el que en algunas ocasiones sí logran captarlo.

La regla es: persona que entra y fornica, persona que no regresa, y no es porque yo no haga bien mi trabajo, sino porque no estoy dispuesto a involucrar mi corazón con nada ni nadie. Soy el egoísmo andando. Solo yo, el buen Benito, es capaz de ver esto con tal frialdad. Prefiero la soledad y la nostalgia a la depresión, preocupación, ansiedad, imaginación, ternura, incertidumbre y altibajos que te pueda generar una relación, que para empezar cambiaría de color mi departamento para seguramente dejarme después de uno o dos meses. ¿Qué tal mi proyección? De miedo, ¿no?

Ya hablando en serio y sin haber ingerido mi dosis diaria de antidepresivos y ansiolíticos, los cuales se pretende que hagan su función de mantenerme lo suficientemente estúpido como para ya no pensar en el suicidio y lo suficientemente alerta como para permitirme hacer una vida normal. En lo personal creo que esto es tratamiento para locos y por esa palabrita, «locos», es que tengo prohibido, completa y tajantemente mencionar que los consumo. Mi madre teme que las lenguas vayan a rondarle que tiene un hijo un tanto desequilibrado.

Hasta cierto punto creo que esto es lo que hace que no pueda tener una vida sentimental chida con nadie. Solo imaginen yo adicto al sexo y con mi supertratamiento batallo para lograr una erección constante, por lo que, claro, desarrollé otras habilidades, y creo que eso me hace un buen amante, y digo amante porque de ahí nunca voy a pasar, no me lo tengo permitido.

No toda mi vida fue así. Recuerdo que en tiempos pasados el mundo era chico para el sexy Benito. El glamur y el dinero eran factores constantes en mi vida. La belleza hacía su función de abrir puertas y mi excelente dominio de la comunicación me posicionaba rápidamente en el ambiente que todas las personas que leen la revista del saludo sueñan poder aparecer. Los periódicos locales y no locales mencionaron mi nombre en muchas pero muchas ocasiones, y solo daban nociones de lo que mi vida realmente era, como si a esos medios de comunicación les fascinara jugar con la imaginación de las personas, haciéndolas sentir o soñar que la vida perfecta existe y que, claro, ellos no serán poseedores de estas vidas privilegiadas. La realidad siempre va a superar la ficción, pero en este momento no sé si la ficción me superó, y lo digo con una mano clavada en el pasado y la otra mano enterrada en el futuro, crucificado en el presente sin poder hacer nada para continuar avanzando. Eso es patético.

Todo cambio fuerte en la vida de las personas te tiene que dejar un aprendizaje, eso lo escuché de diferentes personas que no tenían ni idea de los cambios fuertes a los que yo a mi corta edad me había enfrentado y me sentía con la capacidad mental, «ojo que no quiero decir moral, porque esa palabra ya no existe en mi vocabulario», para poder emitir una opinión, que por lo regular siempre terminaba en debate, claro, generado por el carisma del buen Benito.

Para poder entender de lo que estoy hablando es importante remontarnos muchos años atrás, cuando las siete leyes universales no tenían cabida en mi vida, cuando el universo decidió enviar a un bebé a los brazos de un matrimonio aparentemente feliz. Mismo bebé que hoy se plantea escribir un libro en treinta días y jugar a su antojo con una cantidad titánica de emociones que lo llevarán en un viaje por los recuerdos más tenebrosos, asquerosos, excitantes, aventureros, misteriosos, glamurosos, sangrientos, pudorosos, etc. Es algo como chistoso, y es que dicen que cuando vas a morir unos segundos no serían suficientes como para ver la vida pasar frente a mí.

CAPÍTULO II
EL CONTEXTO DE LOS TREINTA DÍAS

Perro que ladra quiere que lo escuchen.

Hoy fue un día de esos en los que te pones a hacer reflexión y no te gusta lo que vez. Dicen que, cuando las personas están por morir, ven pasar su vida frente a ellas, y yo el día de hoy mientras abría los ojos y miraba ese reloj. Me quedé unos segundos, algo así como tres mil seiscientos, unos más otros menos, «que si sacan la cuenta es algo así como una hora», pensando que no tengo trabajo, que mi última pareja «informal» se fue con otro. Bueno, en realidad llevo mucho tiempo sin pareja, y creo que eso no es peor a no ganar dinero ni para pagar los cigarros que me fumo o los medicamentos que tomo y tener que ir todos los días a casas de diferentes amigos *nices* para que por mi increíble y hermosa compañía me inviten la comida. Pero lo que le puso la cereza al pastel fue soportar que mi madre pagara la renta de este mes. Eso sucedió apenas el día de ayer, así que formalmente veo escrito en diferentes idiomas la palabra «perdedor» por todo el «departamento», y digo en diferentes idiomas porque el sentido de lo estético no lo he perdido, aunque el espejo se esmere en afirmarme lo contrario. Eso obviamente da a entender que tengo unos cuantos kilos de más, tal vez por eso disfruto mucho el caminar desnudo por todos lados o usar ropa ligera cuando salgo con el pretexto de que voy al *gym*, y es que un exsuicida debe de mantenerse ocupado todo el mayor tiempo posible, y digo exsuicida porque una vez intenté hacerlo. Creo que fue ahí cuando mi vida cambió por completo, cuando perdí en un segundo el amor a mí mismo y por lo visto no lo he recuperado. De eso hace un año, y debo decir que me siento orgulloso de no querer intentarlo de nuevo, aunque, viendo las circunstancias, el día de hoy prometí hacerlo dentro de treinta días, que es cuando la renta se vence, pero antes debo escribir un libro, y qué mejor idea que narrar qué fue lo que me dejó en estas circunstancias, aunque estoy seguro de que muchos de los que acaban de leer estas líneas pensarán que así no debe de hablar una persona que piensa en suicidarse o quitarse la vida que es lo mismo, pero también estoy seguro que a muchos de los que se preguntan eso es porque no les ha pasado lo que me ha pasado a mí, o no tienen en su sistema nervioso remanentes de medicamentos, para ser exactos 20 mg de Lexatín y 6 mg de clonazepam.

Soy un estuche de monerías, y si no me lo crees pregúntale a cualquier persona que me conozca. Te van a responder que como yo no ahí dos. No respondo por el gesto que continúe después de esa afirmación, y es que a mí o me amas o me odias. Ya fui a Europa en dos ocasiones. Una de ellas me quedé por un año y conocí e hice cosas que nunca pensé hacer. Tuve sexo en cada lugar donde me quedé, descubrí que para tener sexo no solo se debe usar la verga o las nalgas. Vi muchos amaneceres, soñé despierto otras tantas veces, conocí los museos más importantes del mundo, compré en las tiendas más caras de París. Ven si a la soledad en esa ocasión y logré conocer a mucha gente de todos los tipos, colores, tamaños, sabores y culturas. A algunas las conocí en museos, a otras tantas en el tren y solo a unas cuantas en las orgias en las que participé, pero nada de eso logró hacer que me quedara más tiempo del que me había propuesto. El último viaje a Europa fue en el que me reventé y me comí el mundo como si no fuera a vivir ni un segundo más. Eso suena irónico después de tratar de quitarme la vida. Pero en esos tiempos yo lo era todo: joven, guapo con dinero, sumamente inteligente y con las amistades que desearía tener cualquier persona dedicada a las relaciones públicas a nivel internacional. Y todo eso lo había logrado yo solito. Y es que no vengo de una familia adinerada o de algún linaje político; es más, ni siquiera asistí a las mejores escuelas, porque a la que iba me corrían por altanero y majadero. Esas amistades fueron apareciendo solas una a una, tal vez fue porque siempre me gustó ir a los lugares caros, claro, invitado por amigos, y así fui conociendo poco a poco hasta hacerme de renombre dentro de uno de los ambientes de elite más altos de Guadalajara, y después de México, y solo muy poco tiempo después de San Diego en California, y ahí precisamente fue donde alcancé la fama a niveles que sigo sin comprender, o mejor explicado me subí a tres ladrillos y me mareé, y cómo son las cosas, dicen que las ballenas regresan al lugar donde nacieron para morirse, y yo convertido en ballena regresé a mi Guadalajara a morirme.

Dentro de todas las cosas locas que hice también me encargué de la elaboración de la red social más famosa hecha en México. Eso hizo que conociera a gente poderosa y me mantuviera menos tiempo con esa gente, a la que irónicamente les llamo «los no importantes», pero que en realidad hoy me doy cuenta de que son las personas más importantes y poderosas en mi vida, mis verdaderos amigos. Estudié una carrera muy difícil y traté de vencer a la emblemática ciudad de Las Vegas Nevada, en un viaje que me dejó con un nudo en la garganta, acompañado de una cara de idiota y despojado de todo cuanto llevaba en la bolsa, eso sin contar un sentimiento de culpa, impotencia, depresión y mucho, pero mucho coraje por haber tomado la decisión de emprender esa aventura. En Tijuana a mis dieciocho años manejé un parque acuático, al que le agarré un cariño muy grande. Aún recuerdo mi primer día en ese lugar, cuando no tenía puesto alguno y solo era el hijo adoptivo del dueño. Corrí al gerente, a la cocinera, al salvavidas y a la cajera. Todos pertenecían a la misma familia, mamá, papá, hijo e hija, y no recibí ningun tipo de regaño del dueño, al contrario, me respaldó en mi decisión. Claro que al siguiente día me quería ahorcar, aunque mejor me puso a cobrar y a cuidar albercas y en mis ratos libres a hacer hamburguesas. Eso es karma o aprendizaje, yo lo tomó como aprendizaje porque logré entender de forma empírica el funcionamiento total de aquel lugar.

Hoy extraño mucho esos días, aunque no recuerdo uno solo en el que haya sentido saciedad de esa sed de éxito. Siempre he sentido un vacío muy grande dentro de mí que me pide enrolarme en proyectos que nunca ven la luz y solo contribuyen a hacer aún más grande ese vacío que desde muy chico he tenido. Yo pienso que esa necesidad de querer sentirme grande es la que me ha llevado a tenerme así y me ha generado muchos problemas, como cuando pertenecí a un grupo de niños abusados a mis doce años, donde recibí las golpizas más grandes que un morro de esa edad puede aguantar, o cuando, por querer pertenecer a un grupo de música, falté a la escuela durante seis meses sin que mi mamá se diera cuenta. Pero la mejor y más estúpida fue cuando me prostituí con tipos gordos y feos porque de esa forma yo estaba seguro de que iba a encontrar a un productor de películas importantes o un superagente de modelos que me llevaría a Europa a triunfar. Lo cierto es que terminé con gonorrea y pagando unas clases de modelaje y personalidad que más adelante me di cuenta de que sí me funcionaron, pero aún seguía en Guadalajara y usando camiones para moverme, claro, con el bolsillo vacío, y mi nombre no lo recordaba ni mi profesora de secundaria. Eso fue realmente frustrante, aunque en aquel momento no lo notaba y es que estaba yo tan perdido en la cocaína que apenas tenía tiempo de sentirme así por las mañanas, y después lo olvidaba porque tenía que prepararme para la jornada del día.

Si estas líneas aún no generan en ustedes un sentimiento de depresión, espérense a ver lo que sigue, porque al curioso Benito le esperan cosas mejores, y al decir mejores agrego una dosis de sarcasmo a la frase. Quién y solo quién más que el para poderse vender tan barato a los ojos que leen esto y juzgan las estupideces de un adolescente que hasta este momento está descontextualizado de como era una realidad sana.

Creo que después de esas pequeñas minihistorias se podrán dar cuenta de que la vida del aventurero Benito ha sido lo suficientemente interesante como para escribirse o lo suficientemente intensa como para frenarla y no querer que continúe. Es algo así como ver el vaso de agua medio lleno o medio vacío, y es que, si comparo mi vida con un vaso con agua, vería que se está derramando y que está sumamente turbia.

A veces me gustaría no sentirme tan hambriento de éxito, pero si dejo de sentir eso también dejaría de ser yo. Solo quiero una vida normal, un empleo que me dé para vivir, una pareja que no tenga nada de especial y amigos que disfruten una cerveza mientras ven la televisión; pero lo que tengo en cambio son ganas de un empleo increíble donde mi decisión sea muy importante y el sueldo lo envidie el más rico de mis amigos, ganas de una pareja que tenga el cuerpo más marcado y torneado del *gym* y rompa el viento con su caminar, y qué tal amigos que solo cambian el Martini por el *champagne*. Esto último de los amigos lo tengo solo que yo sé que permiten que yo me junte con ellos, porque conozco a mucha gente o porque tengo unos increíbles temas de conversación, y es que, cómo no van a ser increíbles con todas esas historias que los seducen directamente a su ego y durante instantes quieren sentirse reflejados en mi increíble vida, sin saber interpretar ni una sola de las palabras que están plasmadas entre cada frase que les cuento. Solo el reflejo y el brillo de sus hijos es suficiente para darme cuenta de que disfrutan de mi historia tanto como si fueran ellos mismos quienes las vivieran.

Mi vida es un asco y me rehúso rotundamente a continuar en ella. Cada segundo que pasa lo único que viene a mi mente es esa cruda moral que poco a poco me impide ver los rostros de las personas que han estado desinteresadamente a mi lado o los atardeceres ocres que algunas veces me gustaba compartir con a los que yo llamaba «mi gente».

El tiempo viene y va, pero cada vez que viene parece que golpea mi orgullo, y cuando va parece que se burla, díganme cómo puedo vivir con eso. La vida parece ser una prueba de resistencia y desde niño nunca he sido bueno para las pruebas; es más, las reprobaba todas.

Estoy cansado de vivir, pero antes de decidir tirar la toalla voy a recordar cada una de las historias que conformaron mi vida. Y es que en un segundo no creo que pueda ver toda mi existencia pasar por mi mente, yo necesito treinta días, unas veinticinco cajas de cigarros, una caja de pañuelos y tal vez unas sesenta bolsas de té.

He ido con psicólogos, psiquiatras, doctores, mentalistas, astrólogos, monjes, brujas, etc. Pareciera que todas estas personas se pusieron de acuerdo con el diagnóstico y solo llenan de frases de galletita de la suerte mi receta: «El poder está dentro de ti», «Sigue tu voz interior», «Busca en tu interior», «Tú tienes las respuestas», «Dos de lírica y una de laxare»... Este último creo que fue el más directo, porque todos los demás solo dicen que busque, pero ninguno me proporciona un pinche mapa que me diga cómo llegar a mi interior. Intenté leer libros como me dijo el psicólogo y lo único que logré fue ser más culto, pero me sigo sintiendo igual. Tomé las pastillas que me recetó el psiquiatra y ahora estoy pensando en quitarme la vida y escribiendo un libro con buen sentido del humor y tranquilo. Hice la dieta que me sugirió el doctor, porque él afirma que todo depende de lo que comemos, pero me sentí peor, hambriento, frustrado y gordo. El mentalista solo me ayudó a poder dormir, pero ahora el problema es despertar. El astrólogo fue el peor de todos: me dijo, después de haberme quitado el poco dinero que me quedaba, que yo iba a ser una persona muy exitosa, pero hasta después de los cuarenta, y también que tenía que trabajar en mi paciencia. Claro, nada tonto, eso de sentarme a esperar no es lo mío. El monje fue, muy simpático, después de escucharme hablar por muchas horas solo me tomó la mano y me dijo con voz tenue: «Tú tienes las respuestas». La bruja me dijo que me estaban engañando y que pronto conocería a alguien con quien iba a formalizar una relación, solo que en aquel entonces no salía con nadie y hasta ahora no he conocido a nadie con quien tener una relación, solo sexo ocasional.

¿Ahora entienden cómo me siento? Si no lo entienden solo lo voy a resumir en tres palabras, o tal vez cuatro: solo, fracasado, tonto y cansado. Tal vez van a necesitar una buena dosis de antidepresivos al terminar de leer este libro, porque va a estar lleno de muchas historias muy intensas y otras tantas desgarradoras, pero ninguna creo que sea una historia de superación personal o tal vez sí, pero ya no me funciona para pensar de manera diferente. Otras tantas historias los llevarán al éxtasis y una que otra les permitirán soñar las respuestas que ustedes hubieran dado a semejantes barbaridades llenas de banalidad y superficialidad.

Voy a comenzar con el recuerdo más viejo que tengo de mí, que no es precisamente el 9 de abril de 1985, a las 3 a. m., en la pequeña ciudad de Zapopan Jalisco. Díganme quién recuerda ese momento de concepción y les prometo que me sorprenderá, aunque a estas alturas ya no creo que se pueda lograr mucho con mi capacidad de asombro. Mi recuerdo más viejo creo que es cuando tenía seis o siete años, y como podrán adivinar es en mi increíble seno familiar, y es que al ser el único hombre en una familia de cuatro hace que las expectativas sean grandes desde que naces y pequeñas al pasar el tiempo. Pero fue desde ese entonces que comenzó a crecer en mí poco a poco y con el paso del tiempo un mecanismo de defensa que hoy está a punto de ponerse a prueba, y no sé por qué, pero me asusta el resultado.

Reto a cada psicólogo y mentalista, metafísico o hermetistas, incluso a los mismísimos astrólogos, a descifrar la vida del dramático Benito.

CAPÍTULO III
CURIOSEANDO

*La calle es la escuela donde las experiencias
son las pruebas que pasas o repruebas.*

Recuerdo con mucho dolor esta parte en mi vida, sin embargo, también recuerdo con mucha picardía todo lo que hacía.

Yo tendría unos siete años y vivía en una casa muy grande. Mi mamá se dedicaba a la noble profesión de la administración. Ella siempre se encontraba atrás de un escritorio en ese lugar inmaculado al que ella le llamaba oficina. Yo tenía prohibido entrar ahí, porque aquello era un campo minado: si tocabas un papel o pisabas y ensuciabas otro no sabías lo que podía suceder. Nunca entendí cómo semejante imperio de tensión podía albergar una zona para niños con cuentos que dice mi mamá me leía de bebé. Lo cierto es que yo no recuerdo tal cosa.

Por otro lado, se encontraba mi papá, un hombre muy alto con un porte que pocas personas tenían y a muchas les gustaría tener. Él era todo gallardía y cultura. Siempre tenía las respuestas a cualquier cosa que le preguntaras. Todo el tiempo tenía monedas en la bolsa que me daba cuando se las pedía. Él también poseía una voz fuerte y gruesa, y se decía a sí mismo empresario. Algunas veces ganaba mucho y otras tantas perdía más. Nunca dejó que nos faltara nada, pero nunca nos dio todo con abundancia.

A él y a mi mamá yo los recuerdo como la pareja perfecta, como la envidia de sus amigos, y al decir amigos me refiero a mis tíos y tías, hermanos de ellos, porque en realidad no tenían muchos amigos.

Por otro lado, se encontraba mi hermana. A ella la recuerdo siempre discutiendo con mis papás por estar en la edad de tener responsabilidades y no querer cumplirlas, lavar trastes y hacer su recámara. Parecia la tortura que tenía que enfrentar a diario.

Y ahí estaba yo solo, mirando y mirando, como si el tiempo les pasara muy rápido a ellos y muy lento a mí. Caminaba de un lugar a otro y siempre pasaba desapercibido. En ocasiones llegué a creer que yo era invisible, pero un golpe de mi hermana en la cabeza me recordaba que no. Yo solo quería experimentar, quería aprender, quería atención. Nada de eso llegaba, hasta que un día comencé a tener amigos y mis papás, con tal de que no los molestara, me dejaban salir a la calle, siempre y cuando no avanzara más de dos cuadras a la redonda. Yo no necesitaba tanto espacio, todo lo encontraría en esos cuantos metros de calle. Mis nuevos amigos se veían prometedores. Ellos todo el tiempo trabajaban, y no lo hacían porque tuvieran que hacerlo, lo hacían porque les gustaba hacerlo. Ellos eran tres hermanos: Ricardo, Manuel y Carlos. Cómo olvidarlos...

Ricardo y yo éramos los que nos juntábamos más, y recuerdo que un día él me enseñó algo que yo sin saber cambiaría mi vida. A Ricardo y a mí nos gustaba mucho meternos a construcciones en obra negra, y estando ahí dentro jugábamos a aventarnos cosas o a mojarnos. Unas tantas veces salimos enojados, pero otras muchas veces salíamos serios y temerosos porque rompíamos cosas que parecían importantes. Hasta que llegó el día que lo cambiaría todo. Ricardo estaba muy nervioso y traía en su espalda una mochila que a distancia parecía que albergaba algo muy importante. El rostro de Ricardo, con aquellos ojos grandes de color azul y esa piel blanca cual terciopelo defectuoso y lleno de pecas, enfocó todo su poder en mí. Parecía que con los ojos me querían decir algo. Su respiración estaba muy agitada y su piel comenzaba a transpirar mientras jugaba él mismo con sus dedos a querérselos arrancar. Yo solo lo miré y sentí algo muy raro adentro de mí. Sentí miedo, pero también sentí que era mi oportunidad de aprender, que era esa oportunidad de conocer qué estaba esperando desde que me encontraba en el vientre de mi madre. Ricardo rompió ese momento golpeando mi cabeza y echándose a correr. Yo comencé a seguirlo. Ambos corríamos con tal fuerza, como si solo bastara extender los brazos para despegar del suelo. Había algo que me llamaba con mucho interés. Esa mirada que Ricardo tenía nunca la había visto. Yo sabía que él me quería mostrar algo y yo estaba dispuesto a verlo.

Después de correr con tal coraje llegamos a aquella finca que nunca se terminó de construir y entramos sin hacer mucho ruido. El único ruido que se escuchaba era el de nuestras respiraciones. Ricardo me hizo la pregunta que yo estaba esperando:

—¿Quieres que te enseñe lo que traigo en la mochila?

Yo respondí rápidamente que sí y él me hizo jurar que no le diría a nadie lo que habría de ver. Él metió muy lentamente su mano en aquella mochila negra y sacó una revista de esas del conejito. Los dos comenzamos a sudar mientras la ojeábamos y yo comencé a experimentar una serie de sensaciones que nunca había tenido. Después de unos segundos de silencio, que parecían momentos que no terminarían, comenzamos a rozar de manera accidental nuestros brazos. Dicen que el primer encuentro sexual de un hombre ocurre en el 80% con otro hombre. Lo cierto es que a ninguno de los dos nos incomodó tal roce. Ricardo rompió el silencio invitándome a jugar a algo que le había enseñado su amigo Jorge, el propietario de aquella revista. Me dijo con una voz muy cortada:

—Si me tocas, te toco.

Yo al principio no sabía a qué se refería y rápidamente le dije que sí y puse mi mano en su brazo y él puso la suya en mi estómago y yo continué con el juego. Él tocó mi pene por encima del pantalón y a mí me dio mucha vergüenza, pero no me iba yo a rajar en aquel juego e hice lo mismo: puse mi mano en su pene por encima de su pantalón. A él parecía no darle vergüenza y a mi comenzó a quitárseme aquel pudor. Después de un tiempo sin que los dos nos moviéramos Ricardo me dijo: —Te voy a enseñar algo, pero tienes que jurar que después de que yo lo haga tú lo vas a hacer. Si no les voy a decir a todos que a ti te gustan los niños.

Yo me sonrojé y le dije que sí mientras él desabrochaba mi pantalón. Comenzó a meter su mano por dentro de mi ropa hasta llegar a mi pene y exponerlo frente a él. Me pidió que me parara y yo lo hice.

Él tomó mi pene y lo puso en su boca. Yo sentí muchas cosquillas y una sensación muy rara, pero me agradaba. Dentro de aquel encuentro sexual que teníamos yo estaba completamente extasiado por tener y experimentar cosas que nunca había experimentado. La vergüenza y el pudor desaparecían poco a poco. A cada segundo que él jugaba pasando su lengua por otras partes de mi cuerpo, en su rostro había cierta proyección de gozo y aventura. Continuó haciendo eso durante un par de minutos y yo al ver la revista y sentir mojadito estaba perdiendo la noción de lo que había prometido, preguntándome únicamente quién le había enseñado tan maravillosos trucos, hasta que Ricardo me recordó que era mi turno de seguir aquel juego, queriendo introducir su pene en mi boca, y yo pensaba: «Esto no debe de saber tan mal, Ricardo probó el mío» y comencé a hacerlo. Recuerdo que ese sabor salado y ese olor a las tortas de camarón que solía preparar mi mamá no me permitieron quedarme ahí mucho tiempo. Ricardo se daba por bien servido y yo me sentía como todo un adulto.

Ricardo me prometió llevarme con su amigo Jorge y me dijo que en su casa podía hacer muchas cosas como esas y que él se sabía más trucos que podía enseñarme. Esas fueron las palabras mágicas, «enseñarme», yo le dije que no perdiéramos más tiempo, que teníamos que ir de inmediato. Ricardo me comentó que no era así de fácil, que él trabajaba en una empresa y que salía ya tarde, que teníamos que esperar hasta el fin de semana. Su amigo no era como nosotros, él tenía veintiocho años, una cifra que para mí sonaba a mucha experiencia y para mi amigo era sinónimo de muchos objetos divertidos. Él me contó mientras caminábamos de regreso a casa que su amigo tenía un increíble Super Nintendo y un carrito de control remoto, de esos que pones en las cartas a Santa Claus y nunca llegan, pero a mí no me interesaba eso, solo quería saber quién era aquella persona adulta que me pondría toda la atención del mundo en mí, solo a mí.

Mientras pasaban los días yo seguía viendo cómo les transcurría el tiempo muy deprisa a todos los integrantes de mi familia, mientras para mí el tiempo continuaba lento, muy lento. Un día a mitad de semana recuerdo que mi mamá y mi papá discutían de forma habitual, pero ese día sucedió algo que nunca voy a olvidar, algo que se quedo encarnado en el disco duro de mi memoria, y por más que he querido borrar de mi memoria no lo he podido lograr aún en estos tiempos. Mi hermana se encontraba llorando en el sillón de la sala y yo, encerrado en mi recámara. Bueno, la de mis papás, porque para esa edad yo dormía en la cama de mi mamá, que se encontraba a un lado de la cama de mi papá, cuando de pronto escuché muchos gritos y golpes. Salí de la habitación tratando de no hacer ruido cuando mi asombro rebasó los límites de la imaginación al ver a mi madre bañada en sangre desde la frente hasta la punta de los tacones verdes que llevaba puestos. Yo corrí muy rápido hacia ella y a cada paso que daba sentía que mis pies pisaban hoyos, sin embargo, eso no me impidió seguir con mi camino. Comencé a sentir cómo el tiempo transcurría lento, como si nunca fuese a alcanzar mi objetivo. A cada segundo que transcurría lo acompañaba un desfile de lágrimas corriendo por mis mejillas, hasta que a unos metros de llegar mi madre congeló mis movimientos con una mirada profunda que apuntaba directamente a mis ojos y una frase que quedó tatuada en mis oídos y aún suelo escuchar:

—¡Los hombres no lloran!

Lo dijo con tal fuerza que frenó de golpe aquel desfile de lágrimas que yo pensaba nunca se podrían contener. Después volteé a mi derecha y vi la sombra de mi padre salir por la puerta. Yo no sabía lo que sucedía, solo sabía que no quería ver a mi madre así, y si dejar de llorar era la solución, eso haría. Quise abrazarla fuerte, pero ella me tomó por los hombros y me repitió la misma frase. Di la media vuelta y me fui a sentar a mitad de los escalones del segundo piso, preguntándome una y otra vez qué era lo que pasaba, hasta que me venció el sueño y quedé profundamente dormido.

Al siguiente día yo amanecí en la cama de mi mamá como era la costumbre y todo transcurría con normalidad, solo unos cuantos moretones enmarcaban la cara de mi madre. Se sentía el ambiente tenso y se respiraba una frialdad aterradora en cada uno de los rincones de aquella casa. Ese fue un recuerdo que traté de borrar de inmediato y enfocarme únicamente en aquel amigo de mi amigo que yo quería conocer, a el podría platicarle todo lo que me sucedía y lo que me pasaba, y tendría las respuestas que yo necesitaba. Y es que cómo no pensar que él me pondría atención si a él le gustaba tener amigos de mi edad. Íbamos a ser tal para cual.

Llegó el día. Yo desperté con un hueco muy grande en el estomago y un nerviosismo que no podía explicar. Ese día conocería al amigo que había estado esperando durante tanto tiempo, alguien a quien contarle que me sentía triste, alguien a quien confiarle que no le había dado los cambios del mandado a mi mamá por una semana completa, alguien para contarle que mi papá le pegó a mi mamá, o simplemente alguien para hacer en su casa lo que yo sabía que no podía hacer en la mía. Ese día llegó Ricardo a mi casa muy temprano y yo me salí únicamente avisándole a mi hermana que iría con mi amigo Ricardo a jugar en la cuadra, a lo que ella estoy segura no puso mucha atención.

Mientras caminábamos a la casa del amigo de mi amigo, Ricardo me decía los pormenores del plan para hacer que el nos prestara su Super Nintendo. A mí no me interesaba eso, pero yo le hacía ver a Ricardo que sí y que todo saldría conforme el plan. Eso era algo que hacía sentir a Ricardo muy bien, porque en sus ojos se le veía una luz que pocas veces reflejaba. Cuando llegamos a la casa de Jorge, Ricardo tomó unas piedras y comenzó a tirarlas a la ventana, y una voz salió de adentro diciendo: «¡Ya voy!», y sí, efectivamente muy poco tiempo después se abrió la puerta de su casa y salió un hombre muy delgado con pelo en los cachetes como el que tenía mi papá. Su figura era algo escuálida y su mirada, muy dispersa. Su cara estaba llena de pecas y su ropa era una pijama de la rana René. Yo lo apode «el guala va» por la forma de su cara y las pecas que lo acompañaban. Él puso una sonrisa y nos invitó a pasar y rápidamente accedimos. Para llegar a su cuarto teníamos que cruzar toda la sala y subir unas escaleras muy largas, y yo sentía cómo nos acechaban las miradas de sus familiares, pero ninguno dijo nada, yo solo me limité a saludar como mi papá me había enseñado al llegar a una casa ajena, pero nadie me dio mucha importancia y yo continué hasta llegar a la recámara más increíble que jamás había visto. Era como en las películas, tenía pósteres pegados por todo lados y películas cuidadosamente acomodadas en repisas que se encontraban suspendidas en las paredes. Los colores azul y verde de su recámara brillaban como si se tratara de un juguete nuevo de tamaño real. También había una televisión muy grande en una esquina de la habitación y un clóset de madera para él solo que albergaba todo tipo de objetos curiosos. Jorge se presentó y tomó mi mano preguntándome si quería jugar Super Nintendo, lo que hizo que nuestro plan se adelantara. Yo le respondí que sí y mi amigo Ricardo brinco rápidamente al cajón donde se encontraban los juegos de aquel aparato. Jorge me miró y solo me cerró el ojo, como haciéndome cómplice de él en un segundo. Ricardo preparó el juego y comenzó a usarlo, mientras yo continuaba parado en el centro de la recámara. Jorge me tomó de la mano y me llevó a la cama invitándome a sentarme y yo le correspondí. Él me quitó los zapatos para que me sintiera más cómodo, a lo que yo correspondí poniéndome muy nervioso, porque uno de mis calcetines tenía un hoyo, pero a él pareció no importarle. Después de un tiempo largo Jorge interrumpió el juego de Ricardo proponiéndonos poner una película de esas que no podemos ver en nuestra casa y Ricardo aceptó sin mayor reparo. Jorge me miró y me preguntó si ya había visto de ese tipo de películas y yo respondí que sí, pero los dos sabíamos que era mentira y que él sería la primera persona que me mostraría la verdadera historia de cómo se hacen los niños. Colocó la cinta VHS en la máquina y comenzó la acción. Yo me encontraba impresionado de ver cómo lo hacían, y es que mi pene no tenía nada en común con el de los tipos de esa película, eran enormes y parecían tener vida propia. Jorge dijo en voz alta que si jugábamos a actuar la película y Ricardo dijo que sí, aclarando previamente que no dejaría que le introdujera el sello en él. Yo también accedí porque parecía ser muy importante para mi nuevo amigo ese juego, pero hice la misma aclaración. Comenzamos a desnudarnos, mientras nos veíamos uno al otro, y Jorge me tomó de la cintura y me tiró de nuevo en la cama. Yo sentí el bulto de su pene en mi pierna y parecían estar casi del mismo tamaño. Eso a mí me llamó mucho la atención y lo toqué con mis manos de una forma muy tímida. Mi asombro fue que no alcanzaba a cerrar el pomo. Él solo sonrió y me dijo que un día yo estaría del mismo tamaño que él y tomó el mío con sus manos y lo introdujo en su boca. Yo comencé a sentir muchas cosquillas y a hacerme para atrás, pero él me tenía bien sujeto y lo hacía cada vez con más fuerza. Ricardo solo se limitó a tocarse él mismo y a hacer un movimiento que parecía se lo arrancaría, hasta que comenzó a retorcerse de las cosquillas. Jorge le dijo que él aún no estaba en edad de terminar, pero que un día lo podría hacer. Yo también comencé a sentir más intenso las cosquillas, como si fueran a darme ganas de orinar, y me preocupé, pidiéndole a Jorge que se detuviera. Él solo dijo con la boca llena:

—Espérame, ahí van, ahí van...

Sacó un líquido blanco que me generó mucha curiosidad, pero no me atreví a tocarlo por vergüenza de lo que fueran a decir. Ricardo y Jorge me hicieron prometer que no le diría a nadie y que ese sería nuestro secreto. Yo accedí.

Ese día regresé a casa pensando en todo lo que acababa de hacer. Había una sensación de asco muy dentro de mí, había algo que me hacía sentir sucio y no se quitaba por más que me bañara y me tallara, así que decidí vivir con eso.

Insisto: si continúas leyendo estos capítulos es mejor que estás preparado para leer atrocidades, que sí, efectivamente pasan. La diferencia es que no cualquiera se atreve a escribirlas, y mucho menos a admitir que a esa edad le causaban ciertas sensaciones. Al precoz Benito aún le faltan algunos capítulos para que su vida se convierta en una venta aún mayor. Estas bastante a tiempo de decidir dejar de leer un libro que hasta ahora solo ha hablado de problemas familiares y una que otra jotera; sin embargo, lo realmente fuerte esta por venir.

Los encuentros se repitieron una y otra vez y en cada uno de ellos primero yo le contaba sobre las cosas que me sucedían y después le ayudaba a que terminara, dejando que se colocara en la boca mi pene.

Un día él me dijo algo que me hizo pensar mucho. Me dijo que yo era especial, que yo era diferente a todos sus amigos, que él veía en mí a alguien muy inteligente que haría cosas muy grandes, que cuando eso sucediera no fuera a ser tan duro con él. Yo no entendí a lo que se refería, solo entendí que yo era especial, o al menos él me hacía sentir especial.

Ahora mi severidad está en dedicarle un capítulo de esta novela donde su personaje ya verá cómo termina...

Las cosas en mi casa a veces no marchaban bien, pero yo lograba mantenerme alejado de los problemas viendo a mi nuevo amigo una vez o dos por semana.

Cuando eres niño ahí muchas cosas que no entiendes, tratas de buscar respuestas donde en realidad no las ahí. La vida es como una reacción en cadena, solo que nunca sabes qué tanto te van a afectar las cosas, hasta que no llega el momento en el que te afectan. Yo siempre fui un imán para las malas compañías disfrazadas, cada una de ellas hacía que me enrolara con otras que parecían mejores, cuando en realidad no lo eran. Esos encuentros terminaron cuando cumplí once años. Aún no sé si fue porque ya no era un niño o solo porque perdí el interés. Lo cierto es que ya no me llamó la atención más y solo dejé de frecuentarlo.

Hoy en día y en las circunstancias en las que me encuentro, trato de no ser muy duro a la hora de juzgar a Jorge. Hace aproximadamente unos dos meses me lo encontré en la calle y no voy a negar que sentí un poco de nostalgia al verlo, y es que no pude evitar recordar estos episodios que tuvimos en el pasado. Sin embargo, algo en su aspecto me hizo darme cuenta de que la vida lo había tratado a él de peor manera que a mí, y es que sus pantalones rotos llenos de mugre o tal vez su cara arrugada que me indicó que, a pesar de su corta edad, el tiempo no le ha perdonado ni un solo segundo de vida, me hicieron sentir lástima por él. Afortunadamente yo en ese momento me encontraba muy bien vestido y eso me dio un tanto más de seguridad. Él tal vez también tuvo que haber pasado por momentos en su vida que lo marcaron y una forma de escape era acostarse con niños. Yo no soy quién para juzgar ni para perdonar, pero en lo que a mí respecta sigo trabajando en que todo aquel asunto quede olvidado. Pero en contraparte también pienso que las personas somos el resultado de nuestras experiencias buenas o malas, y si no las tuviéramos, dejaríamos de ser una gran parte de nosotros, y yo en este momento, a treinta días del suicidio, me siento orgulloso de muchas cosas que hice, y si el tiempo retrocediera tal vez no haría lo mismo con Jorge, pero estoy seguro de que sí trataría de ayudarlo.

A esa edad se encarnó en mí la primera careta, la que me protegería de todo o todas las cosas que quisieran hacerme daño. El llanto ahora ocurriría por dentro, nadie se daría cuenta del sufrimiento o de las lágrimas que me acompañarían en mis momentos malos, mientras la frialdad me coqueteaba tratando de seducirme y también hacerse parte mía.

CAPÍTULO IV
LA MARCA DEL HOMBRE

Hay heridas que el tiempo se encarga de hacer más profundas.

Otro recuerdo que tengo muy grabado fue el 6 de octubre de 1995. Aún no logro descifrar si lo soñé o lo viví.

Yo tendría nueve o diez años, no recuerdo bien. Solo me quedaron como lagunas mentales de la serie de sucesos que como bien ya dije no sé si lo viví o lo soñé. Creo que el tiempo se encargó de hacerme entender que los sucesos fueron realidad.

A esa edad solo me recuerdo caminando sobre una calle de adoquín un poco húmedo, con la amenaza de un cielo nostálgico, a punto de llorar, pero conteniéndose, como solidarizándose con el dolor que aún me esperaba y yo no entendía. Caminaba con un solo objctivo, llegar a aquel edificio gris con azul del que tanto había escuchado hablar a mi familia. Ya era tarde. Los faroles de la calle comenzaban a alumbrar el camino, como marcándome el rumbo que debía seguir. La luz de los carros y el ruido del trafico parecieron no importarme, solo me encandilaban haciendo parecer aquel sueño más real. Después de caminar durante varias cuadras me topé con aquel edificio gris. El azul en realidad no lo encontraba, pero había en mi corazón algo que me hacía sentir que ese era el lugar que yo anhelaba encontrar. Solo sabía que tenía que llegar al cuarto piso, a la cama 420, sin saber que para llegar allí me esperaban un sinfín de obstáculos que a mi corta edad no entendía. Como momento surrealista recuerdo que el tiempo se detuvo y la primera gota de agua comenzó a correr sobre mi mejilla, y para mi sorpresa esa gota no provenía de mis ojos. El cielo ya no se poda contener y comenzó a hacer sus estragos. Eso no me detuvo ni siquiera en el ritmo de mi andar al entrar a aquel edificio.

Pareciera que el edificio y yo éramos dos entidades independientes que solo nos dedicábamos a retarnos mutuamente y el primer obstáculo que me ponía enfrente era una larga fila de escaleras con personas con los rostros cubiertos de nada. Algunos me daban miedo y otros tantos solo contribuían a hacer más grande una herida que yo no sabía por qué estaba ahí. Comencé a responder al reto de aquel edificio subiendo las escaleras. A cada paso que daba veía gente con los rostros en blancos, como si hubieran perdido el alma, rostros sin expresión alguna, y los que tenían expresión solo reflejaban dolor. Recuerdo al segundo o tercer escalón a una mujer de edad avanzada abrazando a un puño de trapos que envolvían la inocencia de un niño que estaba a punto de convertirse en otro rostro sin alma. El agua del cielo solo marcaba los surcos que el tiempo hace en las personas que tienen dolor, confundiendo las lágrimas con las gotas de agua. Eso me hizo sentir que al menos el cielo se encontraba a mi favor, pero aún así no era suficiente. Yo trataba de cerrar los ojos para hacer más rápido y menos doloroso la subida por aquella escalinata, pero era imposible no prestar atención a toda esa gente que se encontraba sentada en aquellas escaleras. Sentí cómo jalaron mi chamarra y una persona sin rostro me dijo que ese no era lugar para niños, pero yo no presté atención y solo pensé que era el mecanismo de defensa de aquel edificio que se imponía cada vez con más fuerza. Yo no respondí nada y comencé a apresurar mi paso, tratando de hacer mi corazón de piedra para contestar a esa construcción que no le temía, sin saber lo que me esperaba en el interior. Cuando por fin logré llegar a la parte alta de aquella escalinata, regresé mi mirada hacia atrás y lo único que encontré fue que aquellas personas sin rostro se habían convertido en demonios que se burlaban y a la vez se hacían uno con el dolor que me esperaba. No necesitaban reírse o carcajearse para hacérmelo entender, solo esas miradas perdidas y profundas lograban transmitirme terror en aquel corazón que yo había decidido hacer de piedra. Pero yo solo pensaba que ya había logrado el primer paso: no fundirme con ese primer obstáculo.

Sin embargo, no tenía ni idea de lo que me esperaba. Ahí me encontraba yo frente a un laberinto de pasillos cubiertos de azulejos blancos, con espíritus encarnados disfrazados de salvadores con batas blancas y una desconexión total al sufrimiento de aquellas personas sin alma. La ventaja para mí es que parecía yo no importarles, yo me convertí en alguien invisible para ellos. Sus miradas se encontraban perdidas al igual que mi corazón, aún no entiendo cómo mis sentimientos me guiaban a través de esos muros que transpiraban lamentos y gritos encerrados de personas que imagino algún día pasaron por ahí. Eso me dio un poco de miedo, y mientras más caminaba más miedo me daban los muros, parecían crecer o encogerse. Creo que les incomodaba mi presencia, pero eso no me detendría, yo tenía mi misión y el miedo no me importaba en ese momento. Era más fuerte el sentimiento que me guiaba hacia mi objetivo que el terror que aquel edificio se empeñaba en transmitirme, y como yo ya me había convertido en alguien invisible a la vista de los supuestos ángeles encarnados que seguro tenían ocupaciones más importantes como para prestarme atención, continuaba sin que nada me importara. Es importante destacar que aquel corazón de piedra que decidí convertir en algún momento se resquebrajaba poco a poco sin que yo pudiera hacer nada. Solo me importaba llegar antes de que se terminara de romper. A mi forma de pensar le faltaba poco para que eso sucediera, y es que tenía que darme prisa. No había lamento ni queja que me importara en el transcurso de aquel camino o aquella misión que no sabía cual sería su desenlace. Subí y bajé escaleras, me escondí en lugares y avanzaba cuando podía, hasta que llegó el momento en que en uno de esos pasillos no pude más y me senté a llorar. Las lágrimas parecían venir una tras otra sin que yo pudiera frenarlas. Solo lloraba, mi cuerpo temblaba. Aquel llanto en silencio continuaba. Esas lágrimas no provenían de mi mente, porque aún sigo sin entenderlas, esas lágrimas provenían del corazón. Ya era tarde, el corazón de piedra se había convertido en carne viva. Mis lamentos comenzaban a fundirse con los muros. Yo no esperaba aquel revés de ese edificio que hoy entiendo que para muchos significaba esperanza, pero para mí en ese momento tenía otro significado. No lo sabía, solo lo sentía. Dentro de todo aquel huracán de sentimientos y preguntas sin respuesta, sigo sin saber de dónde agarré valor para continuar. Solo tenía nueve años, sabía que me encontraba en la entrada del cuarto piso y no sabía si me gustaría lo que vería, pero tenía que continuar. El edificio continuaba burlándose de mí, aunque en el fondo siento que terminó compadeciéndose de aquel morro que logró penetrarlo. No sabía si el edificio me quería proteger o realmente estaba poniéndome enfrente de algo para lo que no estaba preparado para enfrentar. Debido a mi corta estatura y a mi fingida indiferencia, los espíritus encarnados no me prestaron importancia o no alcanzaron a verme. Mientras caminaba en busca de la cama 420, lo único que escuchaba eran llantos, lo único que veía eran a esos espíritus encarnados corriendo de habitación en habitación. Mi miedo crecía, pero cada vez me sentía más cerca de algo que sigo tratando de descubrir. Es algo así como acercarme a una protección indescriptible con la que siempre había contado. Debo confesar que todo aquello era nuevo para mí. Podría describirlo como la experiencia más aterradora de mi vida, a la fecha no he tenido otra igual, pero al fin me encontraba frente a la habitación 420 y con letras impresas en papel el nombre de mi padre, a lado de esa puerta un vidrio gigantesco desde donde podía verlo encadenado a diferentes aparatos que salían de sus venas y su nariz. Yo quería respuestas, yo tenía preguntas, pero todo aquello desapareció en el momento que vi su rostro tal y como lo recordaba, tal vez un poquito desfigurado por culpa de todas esas cadenas que estoy seguro de que le causaban dolor. Entreabrí la puerta con miedo y corrí rápidamente a abrazarlo. Él no mencionó palabra alguna. Me dio todas las respuestas con su mirada, que estaba convertida en un rostro sin expresión, pero yo sabía que muy en el fondo ese hombre fuerte, responsable, cariñoso, percibía que ahí me encontraba yo. Tomé su mano y me senté en el suelo, escuchando un fuerte sonido que se repetía una y otra vez como marcando los segundos que faltaban para que por fin se liberara de esas cadenas. Entraron una y otra vez enfermeras y doctores, pero ninguno se percató de mi presencia. Él me protegía. Nunca voy a olvidar esa sensación de protección que me dio. Después de unos segundos marcados por aquel aparato que comenzó a sonar cada vez más rápido él volteó y robándole un poco de aliento a aquella máquina se quitó esa máscara que tenía en la cara para decirme las palabras que tatuarían mi corazón:

—Sé tan grande como quieras ser. Vive sin miedo y sin prejuicios, y no olvides de dónde vienes. Te amo.

Las frases fueron seguidas de una lágrima y un resonante sonido que marcaría el fin de aquella protección que me ha hecho falta hasta estos días.

Mi madre comenzó a jugar el papel dual de padre y madre, pero creo que el que mucho abarca poco aprieta.

Hablando en un plano más realista y menos metafórico o poético, después de aquel momento que plasmaría el resto de mi existencia, llegó un doctor a tomarme de la mano y sacarme de la habitación donde mi padre había emprendido su nuevo viaje, «eso sí prefiero decirlo metafórico». Me sentó en una camilla y me cuestionó sobre el cómo había llegado a ese lugar. Claro que él no contaba con que yo era un niño y por lo regular los niños ante los ojos que tienen sufrimiento pasan desapercibidos. Yo le dije la verdad:

—Por la puerta, sin que nadie me detuviera.

Los ojos del doctor comenzaron a verse vidriosos. Estoy seguro de que hizo un esfuerzo grande por no llorar. Trató de solidarizarse conmigo. Yo permanecí sentado ahí durante unos cuarenta minutos en lo que llegaba mi mamá y mis hermanos. Durante ese tiempo observé cómo cubrieron su rostro con una sábana blanca y comenzaron a desconectar los aparatos que lo mantenían atado. Después sacaron la camilla para llevarlo seguramente a un lugar un poco más frío, la morgue.

Mi mamá y mis hermanos llegaron todos juntos y lo primero que hicieron fue abrazarse fuerte todos. Uo quedé en medio. Parecía que iban a buscarme para poder completar ese abrazo que con el tiempo se convirtió en un círculo fraternal sumamente impenetrable. Algo así como «todos para uno y uno para todos». Todas las familias tienen defectos, unas más que otras, al igual que todos los papás tienen hijos difíciles, unos más que otros. Creo que ese momento marcó entre líneas que yo sería el hijo difícil.

El día del funeral es algo que no puedo omitir, porque ese día mi madre me dio una lección de fuerza y coraje como ninguna. Ella, a sabiendas que no era bien vista por los hermanos de mi papá y con el dolor de su pérdida y el peso de su familia, «yo y mis hermanos», sin el apoyo de ningun pariente debido a las distancias, nos vistió de negro a todos y tomó las riendas de aquel festejo fúnebre. «En esta parte sí tengo que ser un poco más profundo, porque de otra manera no encontraría las palabras que hilaran lo que quiero transmitir».

A mi madre se le bloqueo cualquier expresión de dulzura, se transformo en una bestia, «lo digo en el mejor de los sentidos», y con los pies bien aplomados y la columna recta entró a la casa de mis abuelos, los papas de mi papá, se sentó al lado del cajón de su marido en una silla un poco desgastada. Pero ella con su presencia le dio la importancia a ese lugar. Las personas que llegaban una tras otra se quitaban el sombrero y se acercaban a mi mamá. Ella sabía que tenía víboras y lobos que la acechaban, pero, con aquella presencia que irradiaba fuerza, las víboras y los lobos no tuvieron más remedio que esconderse a vivir su duelo en una madriguera. Mi madre duró sentada con la misma fuerza y templanza durante toda la noche y viendo desfilar a los que entraban y salían. Ella tomó un rosario y rezaba una y otra vez. Poco a poco mis tíos se fueron acercando, pero también fueron desfilando para descansar. Todos trataban de demostrar fortaleza, lo cierto es que la única que la tenía ahí era mi madre, quien estuvo a lado de su compañero hasta el momento que comenzó de nuevo a salir el sol, como si fuese el último amanecer que verían juntos. Ella escoltó el cuerpo hasta aquel agujero donde lo metieron, y palada tras palada las víboras y los lobos se fueron desmoronando, pero ella seguía de pie, rezando y dándole dignidad a aquel momento en el que se despediría de ese compañero que estuvo en las buenas y en las malas durante veinticinco años, quien la dejaba con cuatro hijos y tormentas por enfrentar.

Yo solo me mantuve como observador. Recuerdo que no derramé lágrimas, y ahora entiendo que fue porque la fuerza de mi madre me daba seguridad. Las lágrimas que he derramado fueron conforme pasó el tiempo y me fui dando cuenta de lo mucho que él me ha hecho falta, ese hombre que va a ser insustituible.

Yo pienso que a la fecha nunca le he soltado la mano a mi padre. Trato de que me guíe a cada paso que doy. Nunca voy a olvidar la picardía, inteligencia, porte, fuerza y grandeza que mi padre tenía. Como todo ser humano cometió errores, pero después de hoy, a mis veintiocho años, puedo decir que es el padre que yo necesitaba y tuvo el coraje y agallas para pagar sus errores con su vida, y para mí eso la hace aún más admirable. A unos días de quitarme la vida, lamento en el fondo y en la superficie de mi corazón no haber tenido ni la décima parte de todas sus cualidades.

A veces quiero pensar que lo soñé y otras tantas que lo viví.

Siempre es difícil perder a un ser que quieres y admiras, y solo las personas que han pasado por ese momento saben de lo que hablo. La sanación y la resignación solo te la da el tiempo; a mí me la dio la calle. La expresión de mi madre nunca volvió a ser la misma. Palabras como *fuerza*, *dureza* y *carácter* fueron las nuevas palabras que la describieron.

El enfoque de ella con su muy humilde sueldo se concentró directamente en la provisión de aquel círculo que se había formado. La comida, la ropa, las escuelas y el poco sueldo eran factores que mi madre tenía que resolver, eso sin contar con los problemas de cada uno de sus hijos. El tiempo no le alcanzaba y la energía no le rendía, sin embargo, en las buenas y en las muy malas siempre nos puso un ejemplo de fuerza y lucha. Pero el que te pongan el ejemplo no significa que lo tomes solo. Los ejemplos son como los consejos: tú tienes tu elección. Ella siempre estuvo a mi lado a medida de sus posibilidades, y no puedo culparla de absolutamente nada de lo que me haya sucedido, una por ser humano y otra por ser mi madre. Estoy seguro de que hizo su mejor papel y orgulloso me hace sentir de tenerla a mi lado cuando la busco. Creo que le voy a causar mucho dolor cuando le toque recoger mi cuerpo y el tiempo se me haya terminado, pero sé que ella es fuerte. Es mi NAFE «código del círculo».

La frialdad ya se comenzaba a apoderar de mí, y no hablo desde la polarización y sin ningun afán de transmutarla dentro de su mismo eje. Hablo desde el corazón, esa fuerza e indiferencia acompañada de los nuevos términos que definirían a mi madre supieron hacer bien su trabajo.

CAPÍTULO V
EL GATO EN MEDIO
DE LOS PERROS

La inocencia se lleva en el alma; el coraje, en el corazón.

En este capítulo del libro probablemente se escandalicen y se encuentren cosas que no son muy agradables. Para el valiente Benito tampoco le fueron, aunque él en algún momento pensó que su suerte cambiaría, y tenía algo de razón, su suerte cambió. Ustedes tomen la decisión sobre la mejora o empeora de la fortuna de ese Benito en plena pubertad. Recuerden que esto es una novela, pero me divierte mucho poder poner el dedo en la llaga y agregarle a esta novela sucesos reales que muchas veces queremos que solo ocurran en nuestra mente. Ustedes decidan qué es verdad y qué es ficción.

Al decir el gato en medio de los lobos es por que es en lo que me convertí. Me mantuve como gato a la expectativa de lo que sucedía en casa, pero nunca me di cuenta de que los lobos me acechaban. Son cosas que te cambian la vida o mínimo te la marcan. Yo ya estaba más grandecito, tendría como once o doce años y me encontraba en el centro de una familia donde todos tenían sus propias prioridades. Mis hermanas pensando en el novio y mi madre pensando en cómo sacarnos adelante. Yo me desconecté y sin darme cuenta me conecté con las personas menos indicadas, y sin miedo a la crítica me atrevo a decir el nombre del responsable directo: Daniel Bricio Villa. El lobo mayor.

Un día, ya entrado en la adolescencia, con las características que ella me dio, y para meterlos un poco en contexto, yo ya me estaba convirtiendo en un hombrecito. Aprendí a defenderme en la escuela, víctima del no tener padre. Ahora le llaman *bullying*, en mis tiempos le llamaban «bola de culeros que te molestan». Pero eso era lo que menos me quitaba el sueño. Yo tenía a todos bajo control. Tal vez el culero era yo y apenas hoy me cae el veinte de que el *bullying* venía de mi parte hacia los demás, y como un chavito bien parecido preocupado siempre por su apariencia y una inmensa necesidad de llamar la atención dotado por lo que la naturaleza le llama belleza y simpatía, rápidamente me adaptaba a las situaciones, pero no estaba preparado para lo que vendría. Armando, un amigo no tan agraciado como yo, me presentó a su tío, Daniel Bricio Villa, algo así como el tío millonario que todos queremos tener y solo soñamos que nos hereda una fortuna.

Daniel para efectos prácticos era un tipo regordete, moreno, de cabello chino y con una mirada profunda e interesante, siempre acompañado de otro de sus sobrinos, ya que su soltería a los cuarenta años se lo permitía. Los mitos que lo rodeaban lo hacían aún más interesante, y es que se decía que tenía una casa con alberca y unas supercuatrimotos, juegos de vídeo y un enorme patio donde divertirnos. Claro, esa imagen era la que me vendieron y yo, como pendejo, con toda la ingenuidad del mundo la compre.

El día que me presentaron a Daniel fue afuera de la escuela. Claro, él iba por su sobrino Armando y aprovechó para introducirme con su tío. Yo estaba un poco nervioso porque no sabía si tuviera la aprobación de buena o mala amistad. Claro, propio de la edad de alguien que quiere subirse a los cuatrimotos y gozar de las tremendas leyendas que giraban a su alrededor.

Se acercó un Mercedes negro. Para mí era un carro del año, vidrios polarizados y un color negro que lo único que reflejaba era mi silueta con la boca abierta por el carro que se detuvo. Bajó el vidrio del conductor para por fin ver la cara del misterioso tío. Armando abrió la puerta y se subió rápidamente, invitándome a pasar, pero el tío se negó porque tenía otras ocupaciones que hacer. Pero me barrió de pies a cabeza, extendió su mano y me la dio, presentándose de una manera muy correcta y propia:

—Mucho gusto. Yo soy Daniel, tío de Armando. ¿Cuál es tu nombre?

Yo respondí con la misma seguridad y propiedad:

—Mi nombre es Benito. A sus ordenes, señor.

Al tocar su mano un escalofrío recorrió desde la punta de mis dedos hasta expandirse por todo mi cuerpo. Las miradas de los dos se fijaron mutuamente en los ojos del uno al otro. Él continuaba sin soltar mi mano, lo que a mí me hizo sentir incómodo, por lo que rápidamente procedí a despedirme de mi amigo Armando y del tío millonario.

Mientras caminaba a casa pensaba en la sensación que había tenido cuando me dio la mano. Era algo que ya había sentido en otras ocasiones, pero no lograba descifrar qué era. En el lapso de unas cuantas horas lo olvidé, mientras la televisión se encargaba de eso.

Fue solo cuestión de tiempo hasta que se acercó el viernes, último día de clase. Eran las 7:45 p. m. cuando sonó el timbre de la casa, y cuál va siendo mi sorpresa que ahí estaba Armando y su tío con mochilas de *camping* hablando con mi mamá para que accediera a dejarme ir con ellos a pasar el fin de semana. Mi mamá, claro, impresionada por tanta educación de Daniel, accedió pensando que de esas buenas amistades debería rodearme. Yo no di importancia al permiso, pero sí al hecho de tenerlos a los dos, a Daniel y Armando, que para ese momento ya se encontraban sentados en la sala de mi casa esperando a que terminara de preparar mi ropa para irnos. Yo no preparé mucha porque lo único que quería era que nos fuéramos de ahí. Quería a Daniel y a Armando fuera de mi casa, pero entre la platica con mi madre y las recomendaciones sobre la mano dura que deben tener a un niño que no tiene papá, el tiempo parecía hacerse eterno.

Estando dentro de aquel carro, al cual no le encontraba la manija para bajar el vidrio, comenzó la platica interesante, ya saben, el interrogatorio del tío:

—¿Tienes padrastro o algo así?

A lo que yo respondí que no.

—¿Alguna figura paterna?

Y yo, con toda la inocencia y pendejes del mundo, respondí que no. Ahora entiendo que eso me hacía un blanco perfecto para las intenciones que más adelante les contaré. Continuaba la conversación y yo teniendo como precedente a aquel amigo con el que jugaba a los adultos más o menos me estaba dando cuenta de por dónde se estaba moviendo la cosa, solo que eso eran las ligas mayores.

La conversación continúa, hasta llegar a una casa a las afueras de la ciudad. Aún recuerdo esa casa, con columnas grandes, una puerta que parecía la mismísima puerta del castillo del rey Arturo, los pisos de mármol, blancos, y un excelente gusto en la decoración. Era verdad, la casa tenía alberca que parecía hecha por las mismas hadas. Cada detalle, cada luz perfectamente bien colocada, esculturas y cuadros de desnudos, arte a final de cuentas, sillones de piel y un muy exquisito gusto por el buen gusto, ya que la simple construcción imponía al más grande rey persa. Las leyendas de esa casa eran nada en comparación con la realidad. Recuerdo bien dos vianderas que colgaban de la pared, una de Inglaterra y otra de España. Después me explicó el porqué de esas vianderas. Daniel comenzó a darme un *tour* por aquella mención sacada de un sueño. Comenzó por la sala y terminó con recámara por recámara, una más impresionante que otra. Me mostró su colección de cuatrimotos y después sus numerosos juegos de PlayStation, todo aquello parecía un cuento hecho realidad. Algo que me llamó la atención mucho fue una pared con papeles y fotos de muchos sobrinos, que titulaba «La Cueva del Lobo». Yo pregunté por esa lista, pero él no le prestó importancia alguna y yo no quise enfatizar en eso, habiendo cosas tan grandiosas en ese lugar lleno de arboles y mármoles. Cada habitación tenía su tina propia con hidromasaje. El cuarto de juego con dos mesas de billar perfectamente talladas en madera y tacos encerados, de esos que no quieres tocar por miedo a dejar tus huellas pintadas, fue mi habitación favorita, y aún mejor, desde ahí tenía una vista espectacular a la alberca que, estaba rodeada de increíbles palmeras y fuentes de angelitos desnudos con los que podríamos jugar al siguiente día. Daniel comenzó a leernos el programa del día siguiente. A primera hora desayunaríamos mientras él, en compañía de otro sobrino que se encontraba dormido en ese momento, irían en camino por los demás amigos que jugarían con nosotros. Cuando ellos llegaran nos meteríamos a la alberca. La única condición era estar totalmente desnudos. ¿Por qué no, si estábamos entre hombres? No había de qué avergonzarse. ¿O por qué tener miedo? Las edades eran muy similares. Después nos especificó que vendrían unos amigos de él, pero que no habría problema por que ellos pasarían su día en el cuarto de juego. Cualquier cosa que necesitaramos solo teníamos que pedírsela al servicio, que para mi sorpresa eran chavos de entre dieciocho o diecinueve años, comida, juegos, bronceador, incluso las mismísimas cuatrimotos. Pero todo iba a ser sin romper las reglas de oro, estar desnudos y no tocar a las habitaciones ni molestarlo a él en el cuarto de juego.

Ahí fue donde mi sexto sentido me hizo sentir que las cosas no marchaban bien, pero al parecer tenía más atenciones que en mi propia casa, y para culminar no desobedecería tanta amabilidad. Esa noche me fui a dormir sobre una cama con un increíble colchón de agua, vi la televisión y jugué con la PlayStation hasta que me quedé dormido. Eso era vida.

Al siguiente día no sabía lo que me esperaba. Desperté hasta las diez de la mañana. Armando ya había comenzado a desayunar y llegué yo a hacerle compañía. Solo comí cereal con leche. Ya me urgía meterme a la alberca, pero Armando me dijo que no, que esperara a que llegaran los demás. Due cuestión de poco tiempo antes de que un ejército de morros llegara a quitarse los zapatos y saludarme muy superficialmente. Los zapatos y el saludo no fueron el problema cuando todos sin pudor alguno comenzaron a prender televisiones y quitarse toda la ropa, y al decir toda la ropa me refiero a quedarse completamente desnudos. En las televisiones pusieron pornografía y entre ellos comenzaron a tocarse a manera de broma. Yo no tomé a mal eso, a final de cuentas las cosas eran como con mi anterior amigo, pero solo que a otra escala. Daniel les pidió silencio a todos e inmediatamente todos dirigieron su atención a él sin hacer ningun reparo. Él me presentó y yo me sentí un poco apenado, porque en el fondo sabía que no estaba bien lo que estaba sucediendo. Una vez después de esa introducción dio la orden de que nos fuéramos a la alberca, porque sus amigos no tardaban en llegar. Daniel me tomó del hombro y me pidió que lo acompañara. Él me metió a una de las habitaciones. Yo me sentí muy incomodo, uno por estar desnudo y otro porque él era el tío de mi amigo. Me hizo prometer que sería nuestro secreto. Repitió en voz baja y a mi oído susurró:

—Tú vas a ser mi nuevo tesoro y te voy a cuidar... No va a pasar nada que no quieras que pase...

Eso me dio un poco más de confianza, pero me hacía sentir cómplice de algo que yo no quería, pero me faltaba el valor de decir «no quiero». Solo hice caso omiso, me dio una nalgada y me dijo:

—Vete con los demás y diviértete. Pídele lo que quieras a los muchachos de servicio.

Mientras, yo caminaba tenía una sensación muy rara. No sé si era un presentimiento o el frío del marmol. penetrar por mis pies. Llegué a la alberca y comencé a nadar y a hacer amistad rápidamente con los demás. Hay nombres que nunca voy a olvidar y rostros que siempre van a quedar tatuados en la imagen de la nostalgia. Algo que me sorprendió mucho es cómo todos trataban de no salir de la alberca, como si el agua los fuera a proteger de algo, pero nadie decía nada. Yo sabía que guardaban secretos entre ellos, pero ninguno estaba dispuesto a contármelos. Yo salí una y otra vez de la alberca, estaba dispuesto a divertirme. El tiempo ya había hecho su labor al hacerme perder por completo el pudor. Se me acerco un chavo de servicio y me dio la indicación de subir al cuarto de juego y yo hice caso rápidamente, pidiéndole a Armando que me acompañara, pero Armando parecía estar muy ocupado como para acompañarme. Solo tomé una toalla y me fui al cuarto de juego, donde para mi sorpresa estaba lleno de señores fumando y tomando.

Daniel me presentó mientras todos guardaban silencio. Yo solo lo tomé como un acto de cortesía. Ellos me hacían preguntas, pero Daniel los interrumpió rápidamente y me saco de la habitación de juego. Me preguntó que cómo me sentía y yo le dije que bien y le pregunté que quiénes eran sus amigos, pregunta muy atrevida para un niño invitado de un invitado. Sin embargo, él me respondió que cada uno de ellos sería mi amigo, pero todo a su tiempo.

No tenía idea de lo que sucedería, o sí la tenía y no sabía cómo librarme. Esas sesiones de fines de semana se repitieron durante varias ocasiones, pero cada vez subían más de tono: un poco de violencia por aquí y uno que otro ataque psicológico por allá, de esos que te hacen sentir vergüenza de tu simple existencia. Sí había mucho lujo y nos dejaba hacer muchas cosas que en nuestras casas no nos permitirían, pero la violencia cada vez era más dura, y cuando dejabas de ir a esa casa era cuestión de poco tiempo ante de que Daniel y algún sobrino estuvieran en la tuya tomando café con tu familia. Ya estaba yo dentro de la cueva del lobo.

Aprender a modificar la verdad se convierte en un arte que cuando lo sabes utilizar se puede convertir en uno de tus aliados más importantes. El problema es que no te das cuenta si esa modificación la usas a tu favor o la estás usando en tu contra por falta de valor. La mentira ya era un elemento más que la vida se había encargado de hacerme desarrollar para poder maquillar un poco al corazón. Insisto: los gatos siempre caen en sus cuatro patas, y eso estaba por descubrirlo.

CAPÍTULO VI
LA CUEVA DEL LOBO

El que viendo el peligro se decide a enfrentarlo con ligereza, cuando le ocurran calamidades, no es digno de compasión.

Para narrar todo lo que sucedía en esa casa me podría llevar un libro completo, pero por respeto a las familias de los involucrados prefiero resumirlo en dos o tres capítulos y en una frase: «La justicia del hombre no existe».

Después de algunos encuentros «sexualmente sin violencia», en «la cueva» comenzó la tormenta. Daniel me invitó a pasar a una de las habitaciones y en una pantalla gigante me puso una pelicula pornográfica. Debo confesar que fue gentil, no me golpeó ni me obligó a nada, pero aun así yo seguía sin saber decir que no a todo. La pornografía en un adolescente hace sus estragos y yo no iba a ser la excepción. Mi cuerpo comenzó a responder. Él rápidamente comenzó a tocarme todas las partes de mí, a quitarme la ropa y pasar su lengua por cualquier pedazo que denotara piel. Fingí cosquillas, pero nada de eso funcionó, porque él ya me tenía completamente desnudo en su cama haciéndome un oral y masturbándose cual animal en brama. Yo deseaba que eso terminara, pero él continuaba y continuaba, repetía una y otra vez.

—Yo voy a ser el primero antes que cualquier cabrón —me decía con voz fuerte—. Vente, aviéntamelos aquí.

Pero yo nunca antes me había venido y no podía hasta que, haciendo mi mejor esfuerzo, logré hacer que saliera mi primera eyaculación. Él pareció disfrutarla mucho y, después de unos pocos segundos, él hizo lo mismo provocándome un increíble asco. Pero al fin había terminado todo.

Ese día yo regresé a la alberca por órdenes de Daniel y entendí porqué todos estaban dentro del agua usándola como protección, para que desde el cuarto de juego no se vieran en su totalidad. Ese día yo me convertí en uno de ellos y sus actitudes hacia mí cambiaron completamente. Yo no sabía si me había convertido en amigo o en competencia.

A esa edad, por tratar de justificar mis malas decisiones o sentir menos culpa, siempre digo que yo era el que buscaba una figura paterna, y Daniel encajaba perfectamente en la ecuación. La confusión de un niño debido a los consejos falsos y maliciosos de una persona que al caminar dejaba zanja por tremendo colmillo es cuestión de poco tiempo y uno que otro regaño. Hoy entiendo la presa tan fácil que fui para él y la forma en la que aquella armadura que se me estaba formando no me servía de mucho, requería de invocar todas las fuerzas que estuvieran cerca para poder salir de lo que más tarde me esperaba, pero ni yo las invoqué ni ellas vinieron en mi auxilio.

En ese tiempo la palabra *homosexual* no adquiría relevancia en mí. Los estragos del señalamiento no me generaban ningun terror o temor. Creo que mis temores eran otros, pero no sabía cuáles. Es medio difícil de explicar. Sabes que haces mal, pero continúas haciéndolo, y cuando menos cuenta te das ya no tienes el valor de hablar. Si desde un principio no tuviste el valor de decir no, no hay por qué tener el valor después de retractarte.

Daniel era un tipo muy astuto, «cualidad que yo tendría que adquirir», listo e intuitivo. La proyección de su mirada sabía manejarla a la perfección.

Un día pregunté el porqué de la existencia de esa lista en la pared titulada «La cueva del lobo» y él con la frialdad más grande que había conocido en una mirada volteó y me dijo con voz tiernamente escabrosa:

—La lista la encabeza el que mejor me sabe tratar y en esa medida yo los trato, pero tú nunca vas a aparecer en esa lista porque eres diferente.

Yo entendí de inmediato después de tanto tiempo cuál sería el rumbo de aquella amistad que se había consolidado con el temor del intercambio de las miradas.

En mi casa la situación continuaba difícil. Yo seguía sin existir, no había el más mínimo chispazo de interés en mi vida, todos eran protagonistas y entre mi madre y su trabajo no había espacio para mí. Algunas veces quise platicarlo con ella o con alguno de mis hermanos, pero me ganaba la vergüenza y el orgullo se encargaba de hacerme reaccionar de una forma tal que nadie se me quería acercar. Creo que era la combinación de la pubertad y falta de atención, o aún sigo sin saber qué era, por eso mejor opté por continuar dentro de esa casa y Daniel el proveedor de atención tenía los brazos abiertos y los oídos atentos a todo lo que yo pudiera decir o querer.

Llegó el día que lo cambiaría todo, el día de la propuesta. Ese día Daniel en compañía de su «sobrino» Armando pasaron por mi a la casa y me llevaron a comer. Era el momento en que Daniel me haría la propuesta que terminó de enterrarme en vida.

—Muchacho, para poder continuar con todos esos fines de semana chidos y pagar las cuentas que genera el tener alberca, motos y gente que esté ahí para lo que se te ofrezca tiene un costo y quiero preguntarte si estás dispuesto a pagarlo —o, mejor dicho, si contaba con los recursos para cobrármelos de una vez.

Yo respondí con cara de pendejo:

—¿Cómo?

—Sí, es muy sencillo. Te voy a presentar a diferentes amigos con los que vas a hacer lo que ellos te pidan. Por lo regular les va a gustar mucho tocar tu cuerpo y tal vez mamártela un ratito o que tú se las mames, pero de una hora no pasa. Ahí también hay reglas de oro: tienes que hacer todo lo que te pidan y nunca quejarte ni perder la sonrisa que te hace ser tan especial. Diferentes amigos ya te han visto y les gustas, solo que estaba preparando todo para que tú y yo saliéramos bien beneficiados. Recuerda que esto es nuestro secreto y que es muy delicado que lo comentes con alguien, porque, si me entero de que lo platicas a alguien más, me voy a poner muy triste, y no sé ni lo que hago cuando estoy triste, y peor aún los muchachos se ponen violentos. Mejor ni hay que pensar en eso, solo piensa que nos va a ir muy bien. Hoy por la noche tú y otros de los muchachos van a estar en el cuarto de juego con nosotros y tienen que portarse a la altura, así que habla con tu mamá y dile que nos vamos de campamento, agarras tu mejor ropa y pasamos por ti en una hora.

Recuerdo cómo mi curiosidad creció y dije que sí, aunque en el corazón sabía que había algo que me dolía. Solo respondí evadiendo su mirada:

—¿Tengo opción?

Él contestó un no en seco, seguido de pedir la cuenta para no perder más tiempo, para la preparación de la noche.

Durante las horas siguientes, mientras me llevaban de regreso a la casa, noté en el rostro de Daniel una cara de felicidad. Sus ojos irradiaban luz, pero una clase de luz fúnebre que lo único que lograba en mí era aterrarme. Pasaban por mi cabeza toda clase de pensamientos y por mi corazón toda clase de sentimientos, miedo, odio, terror, inseguridad, incertidumbre y muchos más que no puedo mencionar porque sencillamente mi corazón se había convertido en un torrente de sensaciones del tipo que no se pueden describir.

Para ese entonces la mentira ya era algo que se había convertido en una constante en mi vida y las caretas algo que sustentaban a las mentiras, pero el valor era algo que yo añoraba que apareciera. Sin embargo, se encontraba muy lejos de mí. El miedo era esa espina que no te puedes quitar y que te molesta y por más que te sacudas nunca sale. «En ese tiempo me hubiera gustado aplicar la transmutación del miedo en línea recta hasta llegar a su punto de partida», pero los principios herméticos estaban muy fuera de mi alcance.

Lo mejor que pude hacer fue extender los brazos para prepararme a cada una de las flechas que en el fondo yo sabía que vendrían. No tenía idea de cuánto dolor me causarían, pero me consolaba con que la vida no se me fuera. Lo que no te mata te hace más fuerte, y fuerza era lo que yo necesitaba. Sabía que caminaba a ciegas con los ojos vendados por un sendero al que solo le cabe un pie, una espada en la espalda y un círculo de lobos rondando, por decirlo de alguna forma metafórica. El miedo es el peor sentimiento que un ser humano puede tener. Yo aprendí a disfrazarlo nunca diciendo con mucha seguridad sí a lo que realmente no me gustaba ni deseaba.

CAPÍTULO VII
SUELTO EN LA JAURÍA DE LOBOS

Los gatos cuando caen siempre caen sobre las cuatro patas
y el tiempo me enseñó a hacer lo mismo.
Irónico decir eso a unos días de quitarme la vida.

Estoy seguro de que después de este capítulo se preguntaran cómo es posible que exista gente que realice semejantes atrocidades. Para los que no están dispuestos a escuchar cómo es el mundo real, les sugiero que se brinquen esto, pero si tienes la valentía y crees que en el mundo hay problemas, espera a leer solo un fragmento de lo que alguna vez tuvo que enfrentar el temeroso Benito, que lo vivió en carne propia. De nuevo te dejo a tu imaginación dónde está la verdad y dónde le hubiera gustado a Benito que estuviera la ficción.

Mientras guardaba mi ropa en una mochila un tanto desgastada bajo la supervisión de Armando, pasaban por mi cabeza muchas cosas. No sabía lo que me esperaba, no tenía idea, no me sentía cómodo. Fue la segunda vez que tuve la sensación de que algo me sucedía. En el fondo creía tener el compromiso moral de pagar todo lo que ellos habían hecho por mí, pero por otra parte me sentía abusado, porque tenía la certeza de que iba a hacer algo que no me iba a gustar. Me encontraba muy confundido, pero, eso sí, todo el tiempo demostrando a mi familia la careta de emoción y placer que me generaba el contar con mis nuevas amistades.

Sonó el timbre y mi madre abrió la puerta. Recuerdo que ese sonido de timbre se quedó plasmado en mi mente como si fuera la campana que me marcaba la hora que no deseaba que llegara. Ahí estaba Daniel en su carro impresionante, aquel carro que sabía emitir a la perfección el reflejo de las personas. Daniel jugaba al tío preocupado por su sobrino y mi mamá, al igual que las mamás de todos, cayó redondita a semejante galantería, educación y buen gusto. Lo chistoso de la situación es que mi mamá le comentó a Daniel que contaba con todo el permiso de ella para ponerme mis nalgadas si me las merecía o como coloquialmente mi madre articulaba la oración era: «Le presto a mi hijo con todo y nalgas». Yo por dentro sabía que no era necesario el permiso, él las tomaría en el momento que le diera la gana. Armando y yo salimos, y de inmediato subimos al carro jugando a los mejores amigos. Yo lo único que quería era que el carro arrancara. No quería a Daniel más tiempo hablando con mi madre, solo quería que nos fuéramos, y eso fue lo que pasó. El carro arrancó y yo continué con la mirada al frente. Me propuse no mirar hacia atrás, solo hacia adelante. Daniel tocó mi pierna y me dijo que no me asustara, que sería una de las mejores noches que tendríamos todos. La mirada de Armando fue más exacta, solo cerró los ojos y miró hacia abajo. Durante el trayecto tuve mucho terror, temor, incertidumbre, ansiedad. No sabía qué tan lejos estaba llevando todo eso, no sabía qué hacer ni con quién me enfrentaría, no sabía cómo debía actuar ni qué decir, ni siquiera si estaba permitido que nosotros tomáramos. No sabía si me dolería o qué iba a ser lo que me pedirían aquellas personas. Cuando por fin llegamos a aquella casa, Daniel nos asignó una habitación a cada uno. Nos explicó que no podíamos negarle nada a los invitados especiales y que ay de nosotros si intercambiábamos teléfonos o datos con ellos. Nos hizo mucho hincapié en que no cuestionáramos ni hiciéramos preguntas personales como «quién es usted» o «por qué usa tal o cual cosa» (refiriéndose a drogas). Nuestra labor solo era hacer que «la pasaran rico», como él decía. Si uno de nosotros se cansaba o se sentía mal teníamos que ser discretos para manejar la situación y acercarnos a comentárselo a él. Él sabría si darnos truco o medicamento, como si hubiera truco para la autoestima o medicamento para el alma, que mientras más hablaba más la lastimaba. En la habitación nos bañamos. Nos explicó la importancia de utilizar algo que le llamó enema. Nunca en mi vida había escuchado qué era eso, ahora sé que sirven para los lavados intestinales. Nos vestimos y perfumamos. Nos dio media pastilla de algo que a la fecha no sé qué fue y nos pidió que nos portáramos con naturalidad, encerrándonos a todos en la misma habitación. Nosotros entraríamos a determinada hora al salón. Solo escuchábamos los saludos e intercambio de elogios a través de las puertas. Veíamos por la ventana polarizada llegar hombres ya grandes en carros que no se anunciaban por televisión acompañados de personas que no podían entrar y se quedaban cuidando los carros. Pero lo único que albergaba la compañía de nosotros ya listos era la seriedad y el nerviosismo, nadie hablaba.

León, un muchacho muy guapo, blanco con ojos azules y una piel de terciopelo, uno de los pocos que me dio su amistad, aunque en el caso de él estoy seguro de que se convirtió en algo más que mi amigo, mi ángel de la guarda y mi amante en secreto, conformando no solo con el roce de nuestras manos o el intercambio de las sonrisas. León prendió un cigarro. Era un chavo más grande que yo, tendría como quince años. Me miró fijamente a los ojos tomando mi cabeza y mirándome con coraje me dijo:

—Es tu primera vez en este lugar. Más vale que lo disfrutes o mínimo trates de disfrutarlo, porque hoy te toca a ti ser la estrellita de la fiesta. Ahora tú eres la carne fresca, todos van a querer estar contigo. Ellos le pagan a Daniel por tener un pedazo de nuestra supuesta inocencia. Aprovéchalo y recuerda no pensar, si pones de tu parte nadie te forzara a nada. Tú puedes tener el control de la situación. Tu inocencia te da una ventaja, úsala y ten huevos mientras piensas si quieres esto de tu vida o piensas cómo vas a salir de aquí, porque, una vez estando dentro de esto, ya no se sale, a Daniel no le conviene dejar cabos sueltos, entiéndeme a lo que me refiero.

Yo me aterré y las lágrimas me comenzaron a rodar. Los demás chavos, con miradas perdidas, le dijeron que no hablara, que dejara que yo solo me diera cuenta de cuál era el moviente, que no se metiera en problemas. Yo representaría en un determinado momento un respiro para ellos. En ese momento no entendí muy bien lo del respiro, tenía demasiado miedo y mucha información que entender y procesar. Armando me tomó de la mano y me pidió perdón por meterme en eso, pero yo seguía sin entender cuál sería la dinámica de la situación. León me dijo:

—El secreto está en tu seguridad, tu voluntad y tu inocencia. Controla y maneja eso y la llevas de gane. Nunca vayas a enfrentar a

Daniel ni a reprocharle nada, porque las marcas no van a quedar en tu rostro, pero si es que vives lo suficiente las vas a sentir toda tu vida.

Mientras tuvimos esa conversación pasó un poco de tiempo y León me abrazó fuerte limpiándome las lágrimas con sus dedos. Me dio un beso en la frente y me dijo en secreto:

—Cuando sientas miedo solo imagina que soy yo el que está contigo.

Sonrió mirándome a los ojos y me confesó que de un tiempo para acá él hacía eso. Pensaba en mí cuando lo hacía y el dolor era menos, e incluso cuando lograba concentrarse y verme lo disfrutaba. Esa noche prometimos cuidarnos el uno al otro. León logró transmitirme paz y alejarme del miedo. Aquel niño de catorce años estaba listo para enfrentar su primera batalla peleando al lado de León.

Llegó la hora. Daniel entró a la habitación y con voz fuerte les dijo a todos:

—¡A sus puestos!

Mientras, a mí me tomaba del cuello y me levantaba sutilmente del piso, pasando su lengua por mi cara y recordándome que él mandaba. Yo me sentaría al lado de él y no me vería con nadie hasta que él no me lo indicara. Jugaríamos a ser adultos. Podría fumar a menos que alguien me ofreciera un cigarro y podría tomar solo si el trago me lo mandaban, y dependiendo quién fuera, él con los ojos me diría si aceptarlo o regresarlo. Con mi expresión le hice entender que haría lo que él me pedía para que no me doliera mucho su agresión.

Me tomó de la mano y salimos juntos de la habitación. Aún en estos días sueño con ese momento y despierto sudando. Fuese como si el tiempo se detuviera y mis oídos no escucharan nada, solo observaba a un puñado de señores riendo y mirándome. Para mí todos parecían jadear y sacar saliva de sus bocas. Sus manos viejas y llenas de venas apenas tenían la fuerza de sostener el trago que tenían y sus ojos tenían una frialdad que te desnudaba hasta el alma. León parecía moverse como pez en el agua, sonreía y jugaba con ellos con la inocencia de un niño de diez años. Él me miró de reojo, pero ambos sabíamos que no podíamos estar juntos. Los demás muchachos también estaban conscientes de sus posiciones y las adoptaban a la perfección. A ellos les convenía que la atención se fijara en mí. Yo sentía miedo. Aquel guerrero que había prometido luchar dentro de aquella habitación pareció llenarse de miedo en el centro de la batalla que aún no comenzaba. El miedo se apoderó de mí, yo solo tomé lo único que tenía cerca y lo apreté con fuerza a Daniel. Ese apretón le dijo cómo me sentía. Él solo reía mientras me presentaba con cada uno de aquellos señores, a los que les faltaba fuerza para sostenerse, pero les sobraba vigor para acariciar mi mano.

El tiempo comenzó a transcurrir y yo veía cómo le llegaban papelitos a Daniel con cifras que aún no recuerdo y él solo las guardaba en la bolsa de su saco. Mientras transcurría el tiempo, aquella sala comenzaba a vaciarse y los muchachos en compañía de sus adultos se retiraban a sus habitaciones. La musica subió un poco de volumen para disfrazar algunos gritos de dolor que provenían de aquellas habitaciones. León aún continuaba cerca de mí sin hablarme, pero listo para defenderme llamando la atención con su ingenuidad y ternura. Se acercó un hombre que no era tan viejo y se sentó frente a Daniel, mientras lo miraba e intercambiaban papeles. Daniel me tomó de la mano y me pidió que lo llevara a conocer mi habitación. Yo sonreí y accedí de inmediato. Los ojos de León me lo dijeron todo. Una lágrima rodo por su mejilla y él en cuestión de segundos la disimuló y continúo riendo, solo él y yo nos entendimos.

Llegamos a la habitación y para mi sorpresa había ya preparadas unas botellas de vino. El hombre sacó de su bolsa su superdosis de cocaína y solo fue cuestión de tiempo antes de que inhalara tremenda cantidad. Me dijo que yo también lo hiciera porque lo que nos esperaba ameritaba celebrar. Su cargamento de Colombia había logrado pasar las fronteras sin ninguna bronca y quería darse ese pinche gusto que le estaba saliendo en una fortuna, pero lo valía. Yo no me negué a hacerlo, solo le pedí ayuda porque no tenía ni idea de cómo era el procedimiento. Él me auxilió diciéndome que inhalara y poniéndome aquella montaña blanca en mi fosa nasal, una y otra vez. Perdí el miedo en cuestión de segundos. Él tomaba y me daba de tomar vino, mientras quería que me quitara la ropa. Yo trataba de no romper ninguna regla y hacer caso total a lo que me ordenaba. Brindamos y después, como vestía en celo, me tomó por la cintura y comenzó a hacer su celebración. Fue la primera vez que me penetraba. El dolor era insoportable, pero él solo me daba a inhalar más montañas blancas inhibidoras de dolor. Él me movió como quiso, me tocó y me ponía las manos donde él quería que yo lo tocara. Trataba de imaginarme a León, pero yo sabía que León no me tocaría de esa manera. Entonces ese truco quedaba descartado. Trataba de disfrutarlo, pero no el dolor que sentía una y otra vez, y cada vez que se movía no era algo que se disfrutara. Trataba de pensar que me encontraba en otro lugar, pero el hombre sabía hacerme regresar. Trataba de que terminara rápido, pero al hombre, que se había metido media tonelada de cocaína, le era difícil terminar y solo pagaba horas tras horas. Mi cuerpo ya estaba exhausto y mi mente muerta. Fue ahí cuando un golpe en mi rostro que me movió hasta el más recóndito recuerdo me dijo que tenía que continuar haciendo mi trabajo. Fue ahí cuando, tomado del cuello y jalado del pelo, el hombre me recordaba que había pagado para disfrutarme. Él parecía disfrutar más la euforia de los golpes que me daba y la forma en que lo hacía, seguidos de caricias bruscas que pareció ser ese el remedio, logró terminar en mi espalda. Después él se tiró al lado mío en la cama y me felicitó por tener ese culo tan apretadito que ahora sería de él cada que regresara. Yo entre la sangre, el semen y el sudor sin poder articular palabra alguna traté de no romper ninguna regla. Ahora si sabía a lo que me enfrentaría. El hombre se levantó tirándome unos cuantos billetes, que quedaron pegados a mi espalda, y se fue. Segundos después, entro Daniel a despegarme esos billetes de la espalda y meterme a una tina con agua fría. Esa parte la recuerdo como en sueño. El agua fría era para que se me bajara el efecto de todo lo que me habían metido y a manera de castigo por haber ingerido tal cosa. Llegó León y le dijo a Daniel que él se encargaba de mí para no dejar la casa sola. A esa hora ya eran las 8 a. m. y mi cabeza, corazón y cuerpo giraban sin ningun patrón ni ritmo particular. Primera vez que deseaba ya no vivir, entre el dolor y el ardor de mi cuerpo, acompañado de los pequeños trozos de autoestima que se iban por la coladera. Ya no quería vivir. León me sacó de aquella tina y tiró el agua. Puso la regadera con agua caliente y me prendió un cigarrillo, mientras yo no emitía sonido alguno. Él me enjabonó y limpió las heridas que tenían sangre, sin mencionar una sola palabra, solo las lágrimas de su rostro eran las únicas que hablaban. Me sacó de la regadera envuelto en una toalla y yo vi cómo la sangre continuaba escurriendo por el centro de las piernas. Lo miré a los ojos asustado. Él me quitó la toalla y una bola de papel me colocó entre las piernas. Eso frenaría la hemorragia. Me llevó a su habitación, porque «la mía» era un campo de guerra. Daniel llegó y preguntó por mí, y León le dijo qu me recuperaría, pero que me diera tiempo, que no podría tener a otro a la siguiente noche. Daniel me pidió que durmiera y me dio una pastilla y le pidió a León que se quedara a descansar conmigo, que hiciera lo posible para tenerme listo cuando llegara la noche. León solo le dijo que sí y, una vez saliendo Daniel de la habitación, León corrió a cerrar la puerta y a meterse conmigo en la cama. Me abrazó tan fuerte que el frío y el dolor cesaron, o por lo menos se olvidaron. Sentí su lágrima rodar por mi frente y estoy seguro de que él sintió las mías caer en sus brazos. Por fin sentía paz. Mientras él acariciaba mi cabello, yo caí dormido en su pecho pidiéndole que me prometiera que no me dejaría solo. Con las pocas palabras que pude articular y con la cabeza le dije que ya no quería, que me quería ir. Él continuó abrazándome y acariciando mi cabeza, pidiéndome que descansara, que si quería salir tenía que estar fuerte. Ese abrazo nunca se me va a quitar de la mente. Sentí amor, me sentí acompañado, no me sentí solo. Sentí que había alguien a quien le importaba. Sentí calor en mi corazón. Sentí cómo ese abrazo no permitió que se escaparan los pocos pedazos de autoestima que quedaban dentro de mí. Sentí el amor de verdad, algo que jamás podré explicar con palabras, algo que se necesita vivir para poder entender. Me sentí protegido por un verdadero León de quince años.

Las caretas y los disfraces ya eran una constante en mi vida. Nunca me verían llorar y siempre daría mi mejor cara. Cuando eres bien parecido, solo basta con poner ternura en tus ojos y hablar directo a ellos para que la mentira haga su efecto. Mi armadura comenzaba a tomar forma.

Les dije que esta novela no era precisamente un cuento de hadas. Realmente me gustaría saber qué decidieron ustedes, qué fue verdad y qué fue mentira. Estoy seguro de que al poseedor Benito le gustaría que todo hubiera sido mentira.

CAPÍTULO VIII
SOBREVIVIENDO AL SEGUNDO EMBATE QUE LA VIDA ME PONÍA, SIN PODER SOBREVIVIR A MÍ MISMO

«El valiente dura hasta que el cobarde quiere».
El problema es saber quién es el valiente y quién el cobarde.

En este capítulo pueden decidir detenerse y cerrar el libro. No es grato leer esto, pero sí es necesario para saber en qué mundo vivimos. Al triste Benito le costó mucho trabajo hacer lo que su escritor universal le indicó, y estoy seguro de que le hubiese gustado que el tintero se derramara sobre este capítulo. Hay personas que juegan con las leyes herméticas o mejor conocidas como las siete leyes del universo, solo que a veces pareciera que el universo se tarda demasiado en dar las respuestas u ofrecer su ayuda.

«El valiente dura hasta que el cobarde quiere». Esa frase la había escuchado muchas veces, pero en esta ocasión yo sentía que jugaba al valiente, pero el tiempo me marcaba la severidad de mis actos.

El timbre de mi casa continuó sonando semana tras semana, y en vacaciones esos sonidos se repetían cada vez más y más, al igual que las noches y los encuentros nocturnos que Daniel organizaba en aquella casa a la que yo le había perdido el gusto. Vi desfilar frente a mí a muchos muchachos de los que nunca volví a saber. León y yo continuábamos cuidándonos todo el tiempo. Aquellas noches subían de tono cada vez más y él y yo sabíamos que solo era cuestión de tiempo antes de que algún día nos sacaran por la madrugada en esas bolsas negras a las que tanto respeto les guardábamos. Si quería salir de ahí teníamos que hacer algo grande, pero también era grande el temor que sentíamos.

En ese lugar aprendí a actuar, aprendí a ponerme y quitarme caretas, aprendí a proyectar y manejar las emociones sin que estas afectaran a mi interior, o al menos eso pensábamos León y yo. Hay muchas historias oscuras que rodean esa casa y aún más historias negras que rodeaban a Daniel, pero yo sentía que mi vida poco a poco se me iba de las manos, si no es que ya se me había ido. Era un dolor en secreto.

En mi casa yo justificaba los moretones con caídas o peleas en la escuela y ahí se encontraba Daniel para dar fe y testimonio de cómo tuvo que interponerse él para rescatarme de aquella juventud rebelde a la que había entrado, y claro, él seguía siendo la mejor amistad frente a los ojos de mi madre.

Las diferentes historias que vivimos los que pertenecíamos a esa elite de morros pendejos las llevábamos en el corazón. Clientes a los que les gustaba jugar con navajas y pagaban extra por eso, o los que disfrutaban sintiéndose poderosos dañándonos con sus manos y desgarrándonos cual perros tragando carne fresca. La vida poco a poco me fue enseñando a leer todas esas acciones. Yo comencé a jugar al tierno y a romper las reglas de oro, haciendo preguntas ingenuas y haciendo sentir a aquellos lobos desprotegidos, pidiéndoles que me abrieran su corazón y, cual perros con su voluntad segada por el momento de lujuria pagada, algunas veces con el erario público y otras tantas con dinero del narco, comenzaban a abrirse sin darse cuenta de que eso me llevaba a hacer reflexiones sobre sus acciones. Mi primer colmillo comenzaba a brotarme y la idea de salir de ahí se hacía cada vez más clara. Solo había dos formas de salir de ese lugar: una era en una bolsa negra y otra era crecer y convertirte en un chavo de servicio. A ellos no les iba tan mal, tenían sueldo y acceso a la droga a que los clientes les invitaban. Tal vez esa droga les hacía olvidar lo que habían vivido, porque alguna vez ellos fueron las estrellitas del *show*. Ninguna de esas dos formas me convencía mucho. Otra podría ser engordar y verme mal y decadente, pero entonces Daniel se encargaría de comprar más bolsas y no dejar ningun cabo suelto, lo cual tampoco me convenía. León y yo hicimos muchos planes, pero ninguno lo llevamos a cabo.

Un día, ya entrada la noche en una de las increíbles fiestas, regresó aquel hombre que me hizo suyo por primera vez. Yo me petrifiqué al verlo, pero fueron solo segundos los que me hicieron salir de ese trance. León me miró y se le acercó rápidamente a ese hombre, y comenzó a seducirlo jugando al ingenuo con él. El hombre estaba dispuesto a festejar y ese día León sería el que se encargaría de él. No dejaría que se me acercara y yo no quería que él se involucrara, pero Daniel se encargó de quitarme del camino. Aquel día ese hombre quería hacer algo diferente. Ya estaba entrado en sustancias y con la mirada perdida pidió la habitación especial, aquella a la que todos le temíamos cual perros enjaulados. Yo me acerqué a ese hombre rompiendo las reglas de Daniel y le dije con voz retadora:

—¿Tres somos mejor que dos o qué?

El hombre no llegó al precio con Daniel porque él ya me tenía destinado a un comandante de la Policía. León se burló de mí y aconsejó sugiriendo mayor diversión si solo entraban los dos a esa habitación. Mientras ese hombre tomó de la mano a León, él me miró y sonrió sin careta alguna. Ahora él se había propuesto defenderme, sin darse cuenta de que su vida estaba en riesgo.

Los gritos y llantos no se hicieron esperar minutos después de que se encerraron en esa habitación. Daniel se encargó de que la música tapara aquellos lamentos que gritaban desesperación. Fue poco tiempo antes de que el hombre saliera quejándose de que León no le había servido ni para el arranque. León gritaba mucho cuando le introducían una pistola calibre 38 especial en el ano, sin contar que los amarres que le habían hecho no servían de mucho, porque él se movía cual lombriz en cloro. Palabras de un hombre sin alma. Yo corrí a la habitación y vi claramente los charcos de sangre en el piso y la cara de León desfigurada por los golpes que le proporcionó el no aguantar semejante locura. Daniel me sacó de ahí sin dar ninguna explicación y con cara de preocupación por no haber obtenido la paga a la que estaba acostumbrado, me pidió que continuara con el comandante.

Un hombre rígido en su forma de ser y fuerte en su forma de hablar. Él no me invitaba a ninguna bebida, pero sí me dio todos los cigarrillos que le pedí. Mi labor era hacer que nadie se diera cuenta de lo sucedido. Las caretas en mí comenzaban a salir una tras de otra. Tenía que hacer algo, pero no sabía qué. Lo único que se me ocurrió fue tomar al comandante de la mano y llevármelo a mi habitación, para poder estar con él más en privado, porque me provocaba mucho pudor platicar de la forma en que lo hacíamos en el lugar donde estábamos. Él accedió y me tomó de la mano. Yo trataba de saber a distancia qué sucedía con León, pero al ver a los muchachos entrar con bolsas negras sentí cómo mi corazón se llenó de ira e impotencia. Sabía que perdía al único aliado en aquel infierno. «León siempre vas a ser el niño que me salvó la vida y ya pronto me tocará ver tu cara de nuevo con aquella inocencia que sale del corazón, falta poco para los treinta días».

El comandante y yo entramos a la habitación y toda esa ira y coraje que estaba explotando dentro de mí la utilicé para hacerle pasar el mejor momento de su vida a aquel respetable hombre de la Policía. Después comencé a llorar con ese llanto que viene del alma, causando la admiración de aquel comandante frío y rígido, quien me preguntó si me encontraba bien. Yo utilicé ese llanto para decirle que siempre había añorado estar con él, que siempre lo había admirado y que por fin se culminaba aquel sueño que yo albergaba. Yo sabía que esas lágrimas provenían de otro lado, provenían del alma y por haber perdido a mi amigo.

Esa tendría que ser la actuación que me salvaría la vida, porque necesitaba a un aliado de poder para sacarme de ese maldito infierno. Tenía que penetrar a su corazón diciéndole que solo quería ser para él, que me dolería mucho sentir que me tocara alguien más que no fuera él, pero que esa no era mi decisión. Para mi sorpresa la actuación surtió efecto. El comandante me dio su tarjeta y me dijo:

—Esta es la última vez que estás aquí.

Me tomó de la mano y me sacó por la puerta grande.

Daniel se acercó y preguntó qué tal se la había pasado el comandante y él contestó que muy bien, pero que ya no quería volver a verme ahí trabajando, que desde ese día en adelante yo pasaría a ser de su propiedad. Daniel trató de persuadirlo haciéndole otras propuestas, pero yo solo apretaba la mano del comandante con la esperanza de que él cumpliera su palabra.

Todo el coraje, rabia, furia, desesperación, impotencia y muchas otras palabras que necesito saber para poder expresar lo que sentía en ese momento hicieron efecto y reté frente a frente a Daniel, le grité con voz fuerte, clara y segura lo que vivíamos en ese lugar, lo cuestioné sobre León y las otras torturas que nos hacía pasar, le dije que no se interpusiera entre el inmenso amor que yo le tenía al comandante y yo, como lo había estado haciendo cada vez que yo le pedía dejarme estar con el comandante, carta que me saqué de la manga, le recordé todos los niños muertos a causa de su ambición, le recordé la manipulación que ejercía sobre nosotros y lo cuestioné sobre su niñez, provocando que intentara darme un golpe en la cara. Pero ahora todo era diferente, todo había dado un vuelco total. El comandante detuvo el golpe y le prohibió acercarse a mí, a cambio de que él continuara con su negocio, y mejor aún, si a mí me pasaba cualquier cosa, el comandante en persona se encargaría de que él sufriera todas y cada una de las torturas que en esa casa se vivían. Le dejó muy claro que no quería saber de una sola muerte más porque no escatimaría en fuerza y esfuerzos para joderlo hasta que lo viera bien chingado.

Los hombres del comandante entraron rápidamente a la casa y me subieron al carro de aquel señor, al que poco tiempo después le conté mi historia a detalle, mientras él derramaba lágrima tras lágrima. Le agradecí por sacarme de ahí con vida, le platiqué del fuerte León que me defendió y de la manipulación que ejercía con nuestras familias. El comandante me preguntó si nosotros recibíamos algún beneficio a cambio por estar en esa casa y yo le contesté que el único beneficio que teníamos era continuar con vida. El comandante me platicó que por mí era por el que más cobraba y que nunca le había llegado al precio porque para él era difícil competir con los árabes y narcotraficantes que entraban en la puja. Me explicó que todo funcionaba como casa de subastas. Durante la semana nos veían desde la sala de juegos y tenían toda esa semana para hacer su oferta, misma que Daniel negociaba con el pretexto de que había quien daba más.

Ahí lo entendí todo y a la vez me quedé con más preguntas y dudas.

Para estas personas que se dedican a la venta de niños somos oro molido los que provenimos de un divorcio o somos huérfanos y requerimos de alguna imagen paterna. Primero te hacen sentir el rey del mundo y después te cobran la factura sin dejarte escapatoria. Ese día León se había ido, pero me dejó el coraje y la fuerza para enfrentarme al mismísimo demonio. Quiero pensar que León me mandó a un ángel al ponerme a ese hombre enfrente, pero yo sabía que vendrían cambios fuertes y grandes a mi vida. No tenía la certeza de saber si me había salido del infierno para meterme en las mismísimas llamas, pero eso el tiempo lo diría. Al hablar con el comandante le dije mi inquietud de querer estudiar fuera de Guadalajara, sabiendo que no me convenía continuar en el mismo lugar, que necesitaba desintoxicarme de toda esta situación. El comandante me respondió que siempre contaría con él, sin importar si había sexo o no de por medio. Me pidió que organizara qué quería hacer de mi vida y se lo comunicara. Él estaría ahí para ayudarme siempre y protegerme.

Ya no había marcha atrás. La armadura había funcionado, nuevos trucos salieron de mi alma. El valor que tanto anhelaba lo tuve en el tiempo y el momento que lo necesité. El coraje y la rabia la liberé cuando mi corazón estaba listo para eso. Ahora era libre, ahora no abría nada que me detuviera, el valor se había agregado cual coraza en el pecho para que yo continuara. No morí, me hice más fuerte, aunque parte de ese corazón mío había quedado embarrado en los rincones de aquella casa. Con solo el recuerdo de esa última sonrisa sincera de León, el que me dio su último aliento salvando así mi vida. La flecha en el pecho la tomó él, sonriendo sin máscara para mí. La sangre del feroz Benito corría por las venas con más fuerza que nunca.

CAPÍTULO IX
LA FAMILIA SIEMPRE PRETENDE ESTAR AHÍ. AHORA YO ESTARÍA AHÍ PARA MÍ

Los seres humanos siempre le tenemos miedo al cambio, pero es el que nos da la fuerza y la experiencia para crecer.

El cinismo y coraje de Benito comenzaban a teñirse cada vez de un rojo más fuerte. Benito aprendió a moverse como los lobos en tierra de ovejas.

Aquella armadura que había desarrollado le permitiría vivir sin temores y a eso él le agregó un poco de cinismo, característica que a la fecha no ha dejado de tener. La diferencia es que ahora la aplica en momentos relajados, pero antes lo aplicaba en momentos de tensión para demostrar la ferocidad con la que se enfrentarían si se interponían en el camino.

Un día no sé qué fue lo que me ocurrió, pero me desperté con ganas de hablar con mi mamá y explicarle de dónde había salido y a lo que había enfrentado.

Esa idea me dio vuelta en la cabeza durante muchas horas, hasta que por fin me armé de valor y con mi dosis de cinismo, decidí buscar a mi mamá para comentarlo. Le conté sobre las relaciones sexuales y sobre la casa de citas. Para mi sorpresa ella se escandalizó mucho más por la idea de que yo era homosexual, como si lo único que ella estuviera escuchando en toda la conversación fuera: «Soy puto, homosexual, gay, loca», o cosas por el estilo, pero nunca cuestionó ni me habló sobre lo que en realidad aquejaba, o mejor aún, nunca supe qué fue lo que en realidad la aquejó. Me pidió que no le quitara más el tiempo en su trabajo y que me retirara inmediatamente a la casa a pensar en todo el daño que había causado. Sería cuestión de tiempo antes de que ella arreglara mi vida.

Yo regresé a la casa sintiéndome de la fregada, tomé un cuchillo y me fui al patio, donde nadie me pudiera ver. Lo puse en mi muñeca y solo pensaba en jalarle tan fuerte como me fuera posible. Todo pasaba por mi cabeza, mi familia, el qué dirán, el asco que yo mismo me provocaba, y así una serie de estupideces.

Me hacía falta León, él siempre sabía qué decir cuando me daban esos achaques de moralidad o asco como el los llamaba, y al final de cuentas tuve el valor para no jalarle a ese cuchillo. Decidí cerrar los hijos y aguantar los regaños y juicios de mi familia. «Si había aguantado otras cosas, ¿qué me importaba el regaño o los golpes que mi madre me diera? Psicológicamente no sabría cómo atacarme porque yo ya tenía mi escudo muy agudizado para desconectarme de inmediato de esas situaciones. Era como soltar el cuerpo y pensar en otra cosa, siempre con la mascara adecuada para la ocasión». No niego que sí, me sentí medio raro, pero disfrutaba más mi libertad y mis nuevos dotes, de los que ya me había hecho consciente, como para preocuparme por lo que mi mamá o mi familia intentaran hacerme o decirme.

Se llegó la hora de la cena y, como de costumbre, ahí estaban todos. Yo procuré presentarme poquito más tarde. «El *spot light* sería para mí a final de cuentas». Pensando en que mi madre ya los hubiera puesto a todos al tanto.

Cuando llegó la cena comenzaron los comentarios. El primero de todos fue: «Me das asco», seguido de un: «Yo ya lo sabía, sabía que tenías esas desviaciones», continuando por un: «Déjame que hable con ese hijo de la chicada», cerrando con un: «Tienes que llevarlo al psicólogo de inmediato a que lo cure, por que estoy segura de que él es el que buscaba todo eso, ¿no veías cómo se iba sonriente cuando venían por él?». Pero nunca escuche un: «¿Cómo te sientes?», «Cuenta conmigo», «Te amo», «¿De qué forma te puedo ayudar?», solo fueron juicios y sentencias, hasta que las palabras de mi madre aportaron la solución:

«Vas a ser sacerdote y te voy a inscribir al semanario. Este mismo fin de semana haces tu maleta y te vamos a llevar a internarte en un semanario donde te enseñen valores espirituales, que es lo que desde que tu padre murió les ha hecho falta», con voz fuerte y dando a notar que era su última decisión, su última palabra. Algo así como: «El oráculo ha hablado».

Yo me reía en el fondo, sabía que nada de lo que hiciera o me pasara sería peor al infierno que viví al lado de Daniel. Para ese entonces mi sensación de soledad ya estaba muy arraigada en mí como para permitir que me afectara cualquier otra cosa. Aprendí a ya no tener miedo. Aprendí a reírme de mí mismo, a utilizar la careta que me diera mi gana para salirle al momento y engañar al destino. Hoy me doy cuenta de que al destino no se le engaña.

Llegó el sábado, día de dejarme en el semanario y hacer de mi formación una formación meramente espiritual. Eran las cinco de la mañana y mi madre me despierta, al igual que a todos mis hermanos gritando:

—¡Ya es hora! ¡Prepárense, vamos a despedir a su hermano!

Yo me quejé de la hora en la que me despertaban. Digo mínimo con un pasecito de coca y aguanto, pero así sin más ni más no se valía. Eso ya hablaba de mi adicción a la cocaína, pero yo continuaba sin verlo como el fin del mundo. Preparé mi mochila y guardé solo lo necesario, no me estresó llevar más cosas que las que traía puestas y una talla. Mi madre me cuestionó por qué no tenía maleta y yo respondí cínicamente que comenzaba con mis votos de pobreza. Ella no dijo palabra alguna.

Durante todo el camino mi familia me enjuició, preguntó y condenó, sin dar derecho a réplica. Cada uno de ellos haría cosas diferentes con sus hijos y todos tenían la respuesta a mi problema, la «homosexualidad». Nadie se dio cuenta y sigo pensando a la fecha que aún siguen sin darse cuenta del trasfondo que había en todo eso. Nunca me preguntaron qué sentí o por qué accedí a hacer cosas que no quería, o por qué me sentía tan solo. Lo único que les interesaba era que yo era puto y, si bien no me iba la formación espiritual, pondría una estética;

es más, hasta cuestiones de belleza y diseño me preguntaron. En silencio yo me reía y a su vez me daba tristeza, mientras yo ya había cogido con infinidad de hombres por dinero «mismo que nunca vi pasar por mis manos, solo sabía que era mucho», ellas se seguían golpeando el corazón por llegar vírgenes al matrimonio.

Mientras mi mamá manejaba y mi familia hablaba y hablaba, yo ya estaba ideando un plan para escaparme de allí. Otra ironía. Hago un plan para salir del infierno y menos de una semana después ya estoy preparando el siguiente plan para salir del cielo, aunque una parte de mí deseaba paz, tranquilidad, silencio, tiempo, respiro.

Ya era mucho lo que habíamos recorrido, un aproximado de dos o tres horas escuchando las mismas estupideces. Yo solo me dejaba llevar por el momento, desconectaba mis oídos y sonreía a todos lo que me decían. La camioneta se estacionó enfrente de una casa que se encontraba muy escondida y grande. Parecía escuela sin recreo, muros de adobe la protegían y buganvillas de todos colores la enmarcaban. Mi madre dijo:

—Aquí es. En este lugar te van a quitar la homosexualidad.

Las palabras reales fueron:

—Aquí te van a quitar lo joto y te van a enseñar a dedicar tu vida al Señor.

Yo ya les había dedicado mi cuerpo a tantos y tantos señores que dedicársela a uno de barro que era inherente a cualquier movimiento no me generaba ningún conflicto.

Una campana amarrada de un lazo es la que indica el timbre de tan gloriosa institución, Los Legionarios del Cristo, y mi madre, cual ángel caído del cielo, toma una soga para hacer el llamado celestial a tan honorable institución, aunque después me parece que también fueron acusados de pederastia o algo así.

Un hombre con sotana negra abre la puerta y, hablando en voz casi imperceptible, nos invita a pasar. Mi madre lo toma del brazo y lo aleja de mí para hablarle de mi problemita en privado, lo cual para mí fui muy chistoso. Yo me acerqué a la persona con la que hablaba mi mamá, tomé su mano con las mías y, dándole un beso en ellas, le pedí ser aceptado en tan inmaculado recinto. El hombre no ocultó su nerviosismo al comenzar a temblar y correr de inmediato a hablarle al director, mientras yo miraba a mi madre con cara de cinismo y con voz fría le dije:

—Me trajiste al lugar indicado, lejos de las mujeres.

Ahora jugaríamos su juego y comenzaba a armar el tablero del ajedrez. Yo hacía mis movimientos y ella los suyos.

Llegó el sacerdote encargado de las admisiones y, repitiéndole la misma jugada, le di el jaque mate a mi madre. Ella me lo contestó pidiendo una visita guiada por las instalaciones, como para aterrorizarme a mí al ver tremendo claustro. El sacerdote de inmediato accedió y mandó a su ayudante a mostrarme la alberca. Ese truco yo ya me lo sabía, y posteriormente las áreas de recreación donde un sinfín de muchachos jóvenes se encontraban jugando a todo tipo de deportes y uno que otro leyendo, mismo truco que yo ya me había aprendido. Me dije: «Terminemos el jaque mate con esto dirigiéndome al sacerdote» y, tomándole la mano de una forma muy sutil y suave, casi rozando su lado homosexual, del que estoy seguro se reprimía, le pedí que me aceptase en tan agradable comunidad, donde estaba seguro de que mi desviación sería arreglada, mientras con mi mano izquierda le acariciaba la parte posterior del hombro, dándole a entender con el calor del momento que estaba dispuesto a entregarle mi cuerpo y alma al Señor, de tal forma que mi madre se imaginara lo peor. Jaque mate, se levantó mi madre en compañía de toda mi familia y diciéndole al padre que la decisión se la haríamos llegar pronto, tomó sus cosas y me sacó de allí inmediatamente.

La risa y el placer que me causa contar esa anécdota es muy grande, porque yo sigo pensando que quiero estar en los brazos de Dios, pero no en los de ninguna institución creada por el hombre. Creo que esa congregación en especial pocos años después fue demandada por abuso hacia sus niños y los que demandaron recibieron una buena cantidad. Tal vez me hubiera convenido entrar a esa congregación y, sin que hubiese violencia alguna, solo daño psicológico, el cual ya no me generaba ningún problema, algo así como qué tantos virus le puedes meter a una memoria de un bit. Solo los que le quepan, que tanto más me podrían dañar. Ya no había gran daño que causar, ya lo habían hecho antes. Lástima, pero se les adelantaron.

Creo que mi madre se quedó horrorizada de ver la forma en la que me comporté, y lo digo porque de regreso lo único que se escuchaba era el suspiro de su respirar, mientras mis hermanos hablaban cada uno de su tema acompañado de sus propios problemas. Yo comenzaba a sentir la incertidumbre de la decisión que tomaría mi madre par darle un mejor rumbo a mi vida. Por alguna extraña razón son tus peores experiencias las que te gustan contar y yo tenía muchas de esas, pero ningún oído que las quisiera escuchar.

Cuando regresamos a la casa mi madre les pidió a todos mis hermanos que bajaran de la camioneta. Ella y yo iríamos a un mandado, quería hablar conmigo. En ese momento yo estaba dispuesto a abrirle mi corazón. Ella manejó hasta estacionarse enfrente de la basílica de Zapopan y, antes de que yo pudiera articular alguna palabra, ella comenzó a llorar. Para mí el llanto ya no tenía ningún significado, pero sí cierta incomodidad. Las primeras palabras que pudo articular fueron:

—Yo tuve a un hombrecito, no entiendo por qué Dios me castiga de esta forma mandándome a un homosexual.

Fueron las palabras mágicas para cerrarme a cualquier conversación sincera que pudiéramos tener entre ella y yo. La dejé que se desahogara y me dijera lo inmensamente infeliz que le hacía saber que su hijo era puto. Me pidió ir a terapia psicológica o ir con un sacerdote a platicar o el que tal vez intentara hacerme una novia, que probara esa parte. Traté de tocar la conversación incómoda de la sexualidad, pero no creo que llegáramos a algún punto intermedio. Definitivamente ella y yo éramos polos opuestos. Claro, que los polos opuestos en algún momento tienen que converger, pero ese no iba a ser el momento. Todos mis problemas habían perdido el enfoque frente a mi madre, que seguía sin darse cuenta del trasfondo de la situación, pero ¿quién era yo para juzgar a una mujer que el destino la enfrentó a la vida de golpe, sola con muchos hijos y creada en un pueblo, con una carrera hecha con cada una de las gotas de sudor de su frente? Ahora creo que fui muy duro con ella al hacer lo mismo que ella hizo conmigo, «juzgarla y condenarla». Ella estaba desesperada. Se preguntaba una y otra vez en qué había fallado, qué fue lo que hizo para que yo le saliera así.

Lo único que pude hacer para frenar un poco su agonía fue ponerme una careta más y prometer que intentaría hacerme una novia, y que me perdonara por todas esas fallas que había cometido. Ella agregó lo de ir con un psicólogo que me tratara y yo con tal de hacerla menos infeliz le dije que sí. Su rostro cambió de inmediato y de inmediato comenzó a manejar hacia la casa. El abrazo conmovedor y las lágrimas y todo eso que se te puede ocurrir en una plática de ese tipo desaparecieron en cuanto accedí a lo que me pidió, aunque yo sabía que el acceder a eso solo sería alargar el tiempo para poder formularme un plan B o ver cómo evolucionaban las cosas. Sabía que me encontraba solo y solo tenía que enfrentarme a mi situación vergonzosa de ser homosexual.

Pasado poco tiempo, me hice una novia. Yo la veía como una mujer hermosa. Aunque ella solo tenía dieciséis o diecisiete años para mí era la mujer más linda del mundo. Estudiaba billete, era delgada con un pelo negro largo y una personalidad que arrasaba por donde caminaba. Era conservadora y de familia unida. La careta en esa ocasión era muy sencilla. El chico inteligente preocupado por su novia y dedicado a sus estudios, algo que los padres aman; sin embargo, me sentía vacío y solo. Durante ese tiempo mi mamá me daba más dinero del acostumbrado y me prestaba el carro siempre y cuando se lo pidiera para salir con aquella hermosa novia que a los ojos de mi madre cambiaría mi preferencia.

De día y hasta ya entrada la tarde me dedicaba a la escuela y la novia, pero ya entrando la noche comenzaba la diversión: antros gay, drogas y sexo. Ahora lo mejor de todo sin dolor y sin presiones. La noche era mía. La sangre del Benito cobraba más vida y teñía de ilusiones a cuanto hombre gay se interponía en el camino. Aunque me cuestionase cuánto tiempo podría vivir así o si quería vivir así de por vida, algo así como doble vida de por vida.

Ya era hora de tomar decisiones y el tiempo apremiaba. No podía quedarme en el centro: o eres o no eres. El decidido Benito tenía que moverse y vibrar tan fuerte como le fuese posible para salir de aquella doble vida donde se había metido. Las drogas no le dejarían nada bueno y el sexo a esa edad y con cero responsabilidades representaba un riesgo para él mismo, pero no habría quien detuviera al gran Benito cuando la noche se acercaba.

La coraza que se encontraba en forma me daba ventaja sobre los demás. Ahora era mi turno de responder a la vida. La hipocresía se pegó a mi cuerpo y esa herramienta me permitía moverme en el tablero de ajedrez que juegan en las ligas mayores de élite gay de Guadalajara.

CAPÍTULO X
LA CARNE FRESCA

El ambiente es un tablero de ajedrez.
La reina hace lo que quiere.

Por las noches, el glamuroso Benito sabía moverse a su antojo. Fue cuestión de poco tiempo antes de comenzar a conocer a más gente como yo, o al menos con las mismas preferencias. Ellos me llevaron a conocer los mejores antros de la ciudad, donde por ser cara nueva era imposible pasar desapercibido.

Desfile en todos y cada uno de los mejores antros de la ciudad dejando mi huella en cada uno de ellos. La gente se preguntaba quién era yo o de dónde había salido. Las lenguas comenzaban a rondarme y yo disfrutaba eso de una manera muy singular.

Ahí conocí a mi mejor amigo, Javier, un muchacho más grande que yo solo por unos años. Lo tenía todo, lo que yo no: carro propio, dinero y un excelente gusto por la ropa y los lugares buenos. Él me mostró el verdadero ambiente gay, donde no hay lugar a la pedofilia o a las costumbres extrañas de introducirte cosas agresivas por donde ya saben. También me enseñó que en la mayoría de los lugares todo es pose, todos los gais son famosos y especiales, todos conocen o son íntimos de algún artista de televisión, y si no es así es porque han viajado por todo el mundo. No hay espacio para los feos o pobres. La cultura y el buen gusto jugaban un papel muy importante en aquel ambiente y para mi sorpresa me di rápidamente cuenta de que la mayoría utilizaba máscaras también. La diferencia es la gracia y naturalidad con la que te las pongas y yo era un maestro en eso.

El tiempo transcurría y yo me hacía poco a poco de renombre. Me gustaba mucho platicar diferentes historias que hacían de mi vida un misterio, nadie sabía de dónde venía ni dónde estudiaba, ni siquiera de qué estirpe provenía, y eso hacía el juego aún más interesante.

Me divertía romper corazones como deporte, saliendo con hombres siempre de dinero o de alguna relevancia dentro del ambiente. Algunas veces me daba el lujo de andar con guapitos para aumentar mi credibilidad ante los demás sobre mis sinceros sentimientos. Lo cierto es que en cada lugar donde me plantaba las miradas se enfocaban en mí y los murmullos comenzaban a rondar. En cuestión de segundos las bebidas invitadas por algún lobillo interesado comenzaban a llegar. Yo las despreciaba algunas veces, todo dependía de quién provinieran. Mi amigo Javier y yo éramos los reyes de la noche y el resto del ambiente no tenía otra opción que abrirnos paso en medio del antro para que pudiéramos tomar el lugar que nos gustara. Claro, siempre que abrían paso aprovechaban para cerrarnos el ojo o darnos algún papel que contenía su teléfono, pero nosotros hacíamos caso omiso a esa falsa galantería, mi armadura estaba bien arraigada. Entendí la dinámica rápidamente. Todos los que posaban lo hacían de nueve de la noche a diez y media, cuando dejaban de pasar camiones, y si no ligaban a alguien con carro se fregaban porque tendrían que esperarse a que los camiones volvieran a pasar. Supe qué era un chichifo, una loca o una draga, pero el que me racionó era el de los hombrecitos delgados bien vestidos autodenominados divas, y sus vestimentas siempre un poco alocadas «eran la última moda de París». Lo chistoso es que se robaban los modelitos de alguna revista y ellos mismos los fabricaban con trapos de alguna tienda de segunda y se autonombraban diseñadores de la nueva era «divas de mundo», sin ni siquiera haber salido de la ciudad. Al siguiente día los veías parados en las esquinas esperando el camión y el estilo colgado en el clóset de su guardarropa.

Palabras como *corazón, sinceridad, lealtad o humildad* no existían en aquellos recintos, más parecidos a madrigueras nocturnas para gente desviada, no aceptada por la sociedad tapatía. Creo que fue por eso por lo que el ambiente gay de cada ciudad decide hacer su propia sociedad.

No hablo en general por todos. Estoy seguro de que dentro de cada uno de ellos también había historia, solo que la honestidad y la humildad no te permiten sacarlas en esos lugares. Se droga quien quiere y tiene sexo el que quiere. La libertad de preferencia y comportamiento son tu flexión.

Algunas veces me divertía observando únicamente el comportamiento de la diferente gama de homosexuales, desde el musculoso que es modelo y el mundo no lo merece pero el señor que lo acompaña solo pertenece, hasta el escuálido andrógino que utiliza un retorcer de cuerpo cual lombriz en cloro para tratar de despertar algún sentimiento de erotismo en ti, o las reinas de la noche que piden un trago caro y lo pasean por todo el lugar dando solo pequeños sorbos para que la duración de aquel trago se prolongase. Los más simpáticos eran los señores a la moda, personas mayores que visualmente se niegan al envejecimiento y debido a la escasez de dinero para las cirugías reconstructivas solo se limitan a utilizar ropa muy llamativa. Esa clase de gay los podías ver al día siguiente en alguna oficina ostentando un puesto de bajo nivel o contestando los teléfonos de algún despacho. Eran tan graciosos vestidos como el trabajo lo exigía que no los podía concebir fuera del antro, su hábitat por excelencia.

Rompí cantidad de corazones de hombres que se acercaban a mó por lo que yo ya sabía, «sexo». Yo jugaba, al contrario, me mostraba humilde en algunas ocasiones, dando a entender que no era el medio al que pertenecía. Eso provocaba en ellos mayor interés en mí y otras tantas jugaba al inalcanzable, porque lo que en realidad me movía era el amor verdadero con la frase que hasta la fecha he utilizado: «No me enamoro de la edad, me enamoro de la persona». Esa cuando la utilizaba en los momentos indicados y con las personas indicadas me generaba regalos de toda índole. La mayoría era ropa de las mejores tiendas, a lo que yo respondía que no me era cómodo utilizar tales cosas sabiendo que no tenía un peso en la bolsa. Esa otra frase desencadenaba un torrente de dinero con la esperanza de que me enamorara de la persona.

Comencé a asistir a una seudoescuela de modelaje, donde me enseñarían a vestir y caminar, «clases de personalidad». No necesitaba las clases, pero sí los contactos que estas me proporcionarían. Fue cuestión de muy pero muy poco tiempo antes de que mi popularidad comenzara a subir, solo que tomó un rumbo equivocado, porque los que no me conocían y yo desdeñaba inventaban historias estilo María Félix, y los que sí me conocían inventaban personajes de mi estilo, doña Diabla. Eso hacía de mí algo aún mejor porque me colocaba en un lugar inalcanzable a la vista de el ambiente, y al rodearme de las personas indicadas mi imagen quedó mitificada. mis amistades *nices* eran dueños de empresas, bares, autoridades en moda, autoridades en cultura y hasta uno que otro político closetero, aumentando la lumbre que me rodeaba a mí, el intrépido Benito.

Yo no estaba exento de la regla. Por las noches era el rey del mundo y por los días el novio perfecto. Conocí cantidad de mansiones donde se ofrecían las mejores fiestas de ambiente, cócteles gratis y excelentes gustos en los invitados, temas de conversación de reales personas de mundo, los cuales yo registraba en mi memoria y modificaba en conversaciones posteriores, dando aún más credibilidad a mi vida de glamur tapatío. Para esas fechas yo ya dominaba el ambiente a la perfección y no entendía, o mejor dicho no pensaba continuar, una doble vida, ya dominaba a la perfección una como para intentar dominar la otra. Fue ahí donde decidí terminar con mi flamante novia.

Grave error. Se terminó el dinero y el carro prestado de mamá. Claro que eso no detendría al sagaz Benito. Yo había nacido para triunfar y nada me detendría. El ambiente jugaba a mi favor. Entendía a lo que podía aspirar y de qué forma lo conseguiría. Yo quería tener una casa grande como esa y una reputación envidiable. En mi vocabulario no existía la frase «no puedo». Yo todo lo podía y, cuando sentía que no, la cocaína se encargaba de hacerme sentir que sí.

Creo que una de las cosas de las cuales me arrepiento a estas alturas es de haber jugado con una mujer que su único error fue cruzarse en mi camino. Tal vez algún día me perdone por no haberla podido corresponder, pero mi naturaleza gay no me lo permitía. Ella no se merecía eso, pero aquella coraza de piedra no me permitía ver más allá de mis intereses y me la llevé entre los pies.

Javier y yo nunca fuimos pareja, pero sí fuimos los mejores amigos. Pasamos por un sinfín de aventuras que nos llevaban a otras más grandes, y ahí estábamos siempre, listos para cuidarnos las espaldas uno al otro. Él es una de las dos personas que estoy seguro va a saber qué es realidad y qué es ficción. Días amanecíamos en Puerto Vallarta y días nos tocaba ver la salida del sol mientras manejaba hacia mi casa a dejarme después de una farra de mucha euforia. Con él yo no tenía mascaras, la sabía dónde vivía y qué hacía, incluso de dónde había salido. A él sí le abría mi corazón y él hacía lo mismo conmigo. Me contaba sus problemas y las situaciones que lo afligían.

Javier me explicó y me dio la esperanza de que algún día encontraría a un hombre en el que iba a poder confiar y le entregaría mi corazón. Ese hombre me mostraría la magia del amor verdadero, de la entrega total, del compromiso absoluto. Lo que él y yo no sabíamos era que, mientras mi armadura continuara encarnándose en mí, sería más difícil encontrarlo o verlo. Tal vez no buscábamos en los lugares indicados, peor aún esas cosas no se buscan. Solas llegan y el llamado lo sentiríamos cuando decidiéramos frenar y cambiar aquellas vidas glamorosas por la compañía de los brazos de la persona indicada, por la mirada de la puesta de sol con aquella persona o cuando dejáramos de drogarnos para poder disfrutar de una forma consciente de el amor verdadero que tantos chanelamos, pero ninguno estamos dispuestos a ofrecer.

El corazón se encontraba ya muy cerrado y el ambiente comenzaba a hacer sus estragos en nosotros. La forma en la que te das cuenta de que el ambiente te absorbe es cuando se vuelve más y más difícil quitarte esa careta, cuando el falso glamur se apodera de ti para convertirse en tu forma de vida, cuando desde adentro crees que tienes todo dominado, algo así como ir por la calle promocionando tu humildad o arreglado de forma especial. Promulgar tu sencillez cuando muy en el fondo sabes que tu vida poco a poco se convierte en una farsa, un melodrama barato. Javier y yo ya habíamos hecho parte de nuestras vidas esa forma de dirigirnos a los demás, de conducirnos hacia las personas. El despotismo y la vanidad son armas que consumen lentamente a quien las porta. En términos taurinos, nos reíamos diciendo que cortaríamos las orejas y el rabo de las personas que se nos ponían enfrente. Nos convertimos en el karma de las personas sin darnos cuenta de que el karma pronto regresaría para cobrarnos cada una de esas facturas que tirábamos al aire. Platicábamos una y otra vez de cómo sería nuestra vida de adultos, soñábamos con una casa grande con una alberca y todos los hombres que quisiéramos acompañados de las cosas más extrañas que pudiéramos pedirles.

El destino y una que otra revista me llevó a conocer en poco tiempo los famosos baños de vapor, donde los cuerpos desnudos de los hombres corpulentos prometían hacer o al menos materializar nuestro sueño, por la módica cantidad de sesenta pesos. Cuando entré a ese lugar lo hice con miedo, pero también con la excitación que me proporcionaba introducirme a un lugar que no conocía y que gozaba de excelente reputación. Aún recuerdo las instalaciones de el primer día que fui. Eran las más increíbles y con el paso del tiempo se convirtió en un espacio que serviría como autoflagelo al lujuriante Benito. Me encontraba afuera de una casa en el centro de la ciudad con una fachada normal y lo único que lo distinguía era un letrero que anunciaba el número de dicha institución. Toqué el timbre y con los segundos que transcurrían mientras se abría aquella puerta el cosquilleo y el éxtasis en mi cuerpo aumentaban. La puerta se abrió sin nadie que me recibiera. Yo decidí entrar con aquella seguridad que me precedía en el antro. Para mi sorpresa, en la entrada y toda la primera sala parecía ser un gimnasio y me desconcerté un poco, pero continué con aquel éxtasis que desde un principio me había llevado a aquel lugar. En la recepción me abordó un andrógino que, barriéndome de pies a cabeza, me preguntó si era mi primera vez en ese lugar, a lo que yo respondí con indiferencia que no, que solo se limitara a hacer su trabajo. Él se voltió en un movimiento estilo Las supremes versión blanca y cuarta región, lo que para mí fue chistoso, él respondió con una voz fingida:

—Pues si no es tu primera vez en este lugar, ya sabes a quién se le paga, a la reina de este lugar, con un chasquido muy al ver de Ruby Road, la jota de *El quinto elemento*, que era demasiado fuerte, o mejor dicho, demasiado mujer empoderada, yo sonreí y con mi mirada que la sabía jugar a la perfección solo lancé un ligero coqueteo para aumentar el protagonismo de tan peculiar personaje, a sabiendas de que eso las hacía sentir grandes e importantes. No pregunté el precio, solo pagué con un billete grande para que me diera cambio. Aquel andrógino eso fue lo que hizo, seguido de una frase al verme sacar aquel billete:

—Qué perra...

Siguió con una sonrisa un tanto fingida. Caminé poco a poco para familiarizarme con las instalaciones, mientras se hacía evidente que aquel andrógino me veía las espaldas saboreando a tremendo filete, que por supuesto nunca podría tocar. Llegué a los vestidores, o al menos eso interpreté yo, y comencé a desnudarme lentamente, haciendo un poco de tiempo para poder observar la dinámica de aquel lugar tan prometedor. Durante los minutos en los que me desvestía, vi desfilar a diferentes personajes, unos gordos y otros escuálidos, y tal vez si la memoria no falla uno o dos que valdrían la pena, pero aun así se encontraban muy por debajo de las expectativas que estaban plasmadas en aquellas revistas.

Las miradas en ese lugar jugaban un papel muy importante porque era con lo que indicabas reciprocidad o indiferencia, aunque había a quienes eso no les importaba. Ya una vez completamente desnudo y sin una sola gota de pudor, comencé a dar el recorrido por aquellas instalaciones, que más que vapor o gimnasio aquello parecía un museo del sexo. Había sala de sadomasoquismo con tipos colgados disfrutando sus pasivos y otros golpeando despacio gozando su dominación. Otras tantas salas de cine, donde las películas pornográficas eran el atractivo. Pero la constante en casi todo el lugar era la luz casi nula que imperaba, al igual que aquel olor a sexo que inundaba los sentidos. Logré entrar al cuarto de vapor, donde solo las sombras te permitían que tu imaginación hiciera su trabajo. Los latidos del corazón se aceleraban más y más, mientras menos veías, y solo te dedicabas a imaginar aquellos anuncios de las revistas donde ese lugar se plasmaba. Hoy me doy cuenta de que en la doble moral del ambiente gay todos juran no haber entrado a ningun lugar de esos, sin embargo, es una constante en la vida de todo homosexual. Y digo constante porque recorrí todos esos lugares en todas las diferentes partes del mundo en las que alguna vez me encontré, regresando al tema de la imaginación y las sensaciones. Aquel día comencé a sentir el sexo en una expresión diferente, manos de diferentes estilos recorriendo todo mi cuerpo como si fueran los ojos de un ciego que se hace la imagen con el sutil y delicado tacto en otro cuerpo que responde con las mismas acciones, el rozar de diferentes vergas en las piernas. Todos parecían estar listos para lo que fuera. Yo me senté en una banca de azulejos donde en el pasar del tiempo desfilaron cantidad de sensaciones, hasta llegar al desborde del éxtasis. Recibí orales de diferentes bocas, unas calientes y otras frías. Unas jugaban con sus lenguas y otras con sus labios, mientras el roce dactilar de diferentes sombras acariciaba todas las partes de mi cuerpo. Yo era el rey. Todos estaban ahí para generarme el placer que yo quisiera a la medida que yo decidiera en el tiempo que me placiera. Lenguas pasando por mis pezones y otras tantas por los dedos de mis pies me daban las respuestas que yo quería: sexo en su máximo esplendor, sexo a la decima exposición. La introducción de dedos en aquellos cuerpos deseosos de sentir la respuesta de mis acciones, eso si lo viví, al igual que el tremendo asco y repudio que sentí al encenderse la luz y darme cuenta de que aquella orgia que parecía orquesta celestial se convirtió en una jauría tratando de tragar la carne fresca que se les había puesto sola en aquella parrilla. Los hombres de revista se redujeron a tipos puercos y gordos escuálidos y feos, desesperados y con rostros de enfermos que cual vampiros decadentes y muy nocturnos frenaron de inmediato al llamado de aquella luz que indicaba el cierre de tan excitante institución. El morbo siempre prevaleció y eso me llevó a conocer lugares similares en concepto, pero diferentes en estilo y personal. La absorción del ambiente hacía su trabajo y yo parecía no resistirme.

La sangre de Benito se encontraba más viva que nunca y fue ahí donde por primera vez me atreví a mirarme al espejo a los dieciséis años y darme cuenta de que el ambiente no era dominado por mí, que solo sería cuestión de tiempo antes de que el ambiente me dominara y no habría armadura que me protegiera de tremenda tormenta. La ley del péndulo se acercaba. No podría esconderme al golpe hermético de la ley. La pregunta sería si destruiría esa armadura o la haría más fuerte, y ante de que eso sucediera y con las nuevas habilidades que había adquirido tomé mi decisión.

Hablé con mi madre y hermanos, de los cuales ya me encontraba muy distanciado, y les informé sobre mi decisión de irme a vivir a la ciudad de México, vendiéndoles la idea de que sería lo mejor para todos. Podría vivir en la casa de mis tíos y convivir con los seis primos hombres que ahí estarían para aconsejarme. Le hice ver a mi madre que tal vez ellos me ayudarían a ver la vida de otra manera, «me quitarían lo joto». Esas fueron las palabras que hicieron que una madre desesperada dijera de inmediato que sí.

Comenzó a hablar con mis tíos, que muy amablemente accedieron a recibirme en su casa por un año, que sería el último año de la secundaria. En solo cuestión de días mis maletas ya estaban listas para ir a la conquista de México, sin darme cuenta de que la ley del péndulo estaba golpeando en ese momento con la misma intensidad con que yo había golpeado al lúgubre ambiente gay de Guadalajara. Por mi cabeza solo pasaba el que me encontraba inmune a cualquier cosa que me pudiera pasar, ya se había adherido a mí la tenacidad y el sentido de adaptabilidad. México sería mío.

CAPÍTULO XI
EL EXILIO

«Al darnos cuenta de que somos susceptibles al amor, nos confirmamos a nosotros mismos que somos seres humanos»

La frase no está tan mal para alguien que decidió cerrarse al amor, es irónica, blasfemia o hasta insultante, viniendo del frío y calculador Benito.

¿Quién podría pensar que don Diablo se pudiera enamorar? O mejor dicho y peor explicado, las personas tenemos diferentes formas de amar. Eric From propone dos en su libro *El arte de amar*. Por otro lado, Benito no se limita y propone un sinfín de formas de amar, y lo mejor de todo es que se convierte en un artista al experimentar todas y cada una de ellas, como en lo que relata cuando decidió ser parte de un exilio voluntario con la fiel convicción de saborear la traicionera y muchas veces excitante ciudad de México.

Me encontraba en Guadalajara, dentro del autobús, a punto de que arrancara para el destino que había elegido con tremenda seguridad. Dentro de mí pasaban muchas imágenes de todo lo que ya había vivido. Veía a mi madre y a mi hermana mayor paradas cual robles viejos de esos que el viento parece no lograr moverles una sola de sus hojas por más que se esforzara. Pero en eso sucedió algo que se arraigó profundamente en mis recuerdos, y es que, si el viento no lograba hacerles nada, mi mirada y sonrisa provocaron en ellas un derramar de lágrimas sin que emitieran expresión alguna. Para mi sorpresa esas lágrimas provocaron un sentimiento que ya había olvidado, la nostalgia y un deseo de bajar del autobús que pude detener solo por mi miedo a que me vieran dudoso. Las caretas hacían su trabajo y yo me encargaba del resto, hacer parecer que nada me detendría.

Durante el trayecto me acompañaron un torrente de lágrimas que, ya estando solo y en silencio, no veía por qué ocultarlas. Solo observaba por la ventana la velocidad de los árboles. Trabajaba en arrancarme con el menor dolor posible esa sensación que ya se había hecho parte de mí, esa nostalgia y sensación de culpa aderezada con un poco de asco hacia mi persona.

México sería mi escape y mi redención, o tal vez mi penitencia. La ley del péndulo me situaba en una familia que me acogía con los brazos abiertos, como dándome la oportunidad de comenzar de cero. Esto sería diferente. Yo le daría a mi vida un rumbo distinto. Era la muerte dolorosa de una era y, muy al estilo de Benito, el escandaloso nacimiento de otra que pintaba expectativas en las que solo los grandes pueden fijarse. Estaba decidido a dejar cualquier droga que en el pasado hubiera ingerido y determinado a conseguir esas lentes que te permitían ver a través de la vanidad y el glamur, a las que ya me había acostumbrado para poder ver el alma de las personas. Estaba dispuesto a confiar, a ser la mejor versión de mí mismo, a renacer en alguien nuevo, aunque me cuestionaba si mi verdadera naturaleza era ser malo, porque así es como me sentía, como una persona mala, aunque después yo mismo me justificaba echándole la culpa a la vida, como si ella me hubiese doblado el brazo y me hubiera obligado a tener miedo y a actuar a la defensiva, aunque yo no encontraba otra explicación, y sigo sin encontrarla.

Una luz y un frío muy diferentes al que ya conocía me hicieron despertar de aquel sueño que me había provocado el vaivén del camión. El ruido de una ciudad que parecía despertar junto a mí hacía sus estragos, provocándome un sutil dolor de cabeza. El claxon de los ejércitos de automóviles trabajaba al ritmo del mal amor de sus conductores. A todos se les hacía tarde, todos tenían prisa. Los gritones de los míticos peseros hacían ver aquella ciudad muy diferente a lo que yo imaginaba. El humo de las taquerías, tamalerías y cuanto puesto de comida se dejaba ver y se fundían con el de los carros, personas de traje haciendo compañía a cholos y malvivientes en su rápido desayuno enmarcaban el cuadro de la ciudad por donde el autobús se abría paso, conmigo adentro, observando aquel folclor mexicano. La mítica ciudad de México me daba su calurosa bienvenida.

Bajé del autobús entre jaloneos y gemidos, mientras el maletero aventaba mi mochila al piso para que yo la reclamara. El ritmo de aquel lugar se imponía frente a mí y yo continuaba como observador tomando mi mochila y haciendo que el tiempo pasara lento, para poder distinguir cada uno de aquellos colores que parecían estar encerrados en el tiempo. Caminé entre el tumulto de gente que esperaba a sus seres queridos. Ahora la sorpresa es que no había unos brazos que me arroparan, y eso me trajo viejas sensaciones a la piel. Mientras caminaba se revelaba frente a mí una imagen que ya había visto en películas mexicanas de bajo presupuesto o de muy mal gusto, pero la imagen emitía una energía que pocas veces he sentido. Aquellas películas nunca podrían transmitir lo que mis ojos veían: «la Guadalupana» rodeada de flores, una estatua inherente e indiferente al tiempo, una imagen llena de esperanza, una imagen que te permitía dar un respiro y te abría los brazos como diciéndote con sus manitas bien juntitas que ahí estaría ella para cuidarte, con aquella constelación en su manto indicándote que en las noches solo necesitarías ver al cielo para saber que ahí estaría a tu lado. Ella no necesitaba de esas flores de plástico que la rodearan; al contrario, no había ofrenda para corresponder a tan maravillosa bienvenida. Yo me quedé unos minutos viéndola y mi tiempo se detuvo. Nada me importó. Mis oídos ensordecieron y mis ojos nublaron a cualquier letrero de comida y promociones baratas, para dar solo enfoque a aquella mujer. Sin sonar fanático y hasta cierto punto un poco hereje, y dejando a lado los milagros y la religión, pienso que algo debe tener esa imagen para poder reunir a tanta gente. Ahora sabía qué era poner la «esperanza» en algo que no conoces, así como ponerle fe en algo que nunca sabrás si sucederá, respuesta a las preguntas que uno se hace y que no puedes encontrar. Simplemente magia en cada centímetro cuadrado que la componía.

    Comencé a enfrentarme a la ciudad tomando el metro y camuflándome entre las personas que caminan con prisa, aunque estoy seguro de que no lo hice muy bien, porque yo no caminaba con la misma prisa. Parecía turista asustado viendo cada lugar por el que caminaba, leyendo cada letrero que aparecía, oliendo las calles chuecas y un tanto sucias que atravesaba. Yo quería impregnarme de aquel México. Una parte de mí comenzaba a enamorarse de todo cuanto me rodeaba. Me sentía vivo, ansioso de aprender y deseoso de olvidar de dónde venía. Nadie me conocía, a nadie le importaba quién era o quién fui, nadie me juzgaría, podría inventarme una vida, un nombre, hasta una nueva religión, incluso mi preferencia podría ser diferente. Esos y otros deseos me rondaban por la cabeza. La ciudad hacía su trabajo, nada era lo que creías que era, todo era diferente a mi Guadalajara. Yo me sentía diferente, mi sentido de adaptabilidad estaría a prueba o no lograba captar con rapidez la multiplicidad de situaciones y emociones.

Comencé a encontrarle un sentido muy especial a los poemas anónimos de artistas inmigrantes, que plasman a la perfección las diferentes sensaciones del cuerpo y el alma, esos que muchas veces requieren de lienzos callejeros para imprimir el arte que abre llagas en las ciudades como esta, esos que tienen llena la boca de frases de dolor y son muchas veces acompañados por alguna memoria de haber experimentado el cautiverio que la cárcel o el que los falsos centros de rehabilitación te regalan.

Después de haber pasado por tantos lugares y haberme internado y tratado de fundirme con aquel monstruo por fin llegué a mi destino, la casa de mis tíos. Salió mi tía muy amable y me dio un abrazo. Yo entré y ahí estaban mis primos. Mi vida comenzaría a ser como yo quisiera, con caretas o sin ellas. Lo cierto es que al principio tuve que poner algunas, porque me generaba un poco de vergüenza mi preferencia. Yo los saludé a todos y la conversación fue un tanto superficial, se centraba en como estábamos por allá y que habían hecho por acá, pero no había profundidad en los temas. Muy pocos minutos después mi primo Alfredo me llevó al que se convertiría en mi cuarto y otras tantas veces mi refugio. Se encontraba en la parte más alta de la casa. Yo la apodé «la mazmorra», un cuarto de 2,5 por 3, un tanto lleno de polvo y uno que otro mueble viejo. Pero con ayuda de Alfredo y un poco de imaginación y sudor míos, aquello cobró forma para dar lugar a mi primera noche en la gran ciudad. Esa noche me acosté y miré por la ventana, buscando aquella constelación que me había dado la bienvenida en la central. Vi todas y cada una de las pocas estrellas que se pintaban en la bóveda celeste, algo en mi corazón buscaba fuerza, buscaba fe en lo que fuera, algo que me diera razón suficiente para llenarme de energía y así convertirme en una persona diferente. Era eso o el síndrome de abstinencia por saber que tendría un periodo largo de cero drogas y una cruda anticipada por saber que estaría conviviendo por largo tiempo con seis hombres, uno más tosco que otro, testosterona por doquier, algo se me pegaría a final de cuentas.

Ahora entendía que la esperanza de mi madre comenzaba a ser la mía. Pensamientos como ese y emociones encontradas fueron los que me hicieron compañía esa noche, hasta vencerme y cerrar los ojos.

Aquellas armas y partes de armadura comenzaban a desprenderse de mí. No entendía por qué, solo sentía que ya era hora de un cambio. El buen Benito se encontraba débil y confundido. Esperaba que pasara más tiempo antes de comenzar a extrañar a mi familia, pero fue algo que sucedió desde esa noche, mientras cerraba los ojos. A final de cuentas me enteraba de que no era tan fuerte como pensaba. Pero ya no había marcha atrás, un nuevo reto me esperaba y duraría un año tiempo, suficiente para que las cosas se enfriaran en Guadalajara y corto para conocer tremenda ciudad. Lo cierto es que comenzaría a conocerme a mí, mis alcances o limitaciones, y no sabría hasta dónde llegaría esa locura.

CAPÍTULO XII
EL EXILIO, PARTE II

«Los buenos corazones existen,
están dentro de las personas que saben usarlos»

Ya instalado en la ciudad de México y haciendo a lado el cúmulo de sentimientos y sensaciones poéticas, comencé a darle forma a la vida nueva que estaba dispuesto a formarme. Nuevas historias, nueva personalidad, incluso hasta nuevos valores serían los ingredientes que me ayudarían a darle sentido a la existencia que me caracterizaría en esta segunda oportunidad.

Comencé a asistir a la escuela. Este ya era mi último grado de secundaria y probablemente también mi última oportunidad para no truncar esa preparación que mi madre se había esforzado tanto en darme. Yo por otra parte tendría que aprender a administrar los trescientos pesos mensuales y los doscientos quincenales que ella me mandaba devotamente cuando llegaba la fecha. Claro que al principio ese dinero solo era suficiente para cubrir las iniciales veinticuatro horas siguientes a la llegada a mis manos. En la secundaria hice nuevos amigos y por lo general todos eran menores que yo. Eso me daba una ventaja sobre ellos, pero también me situaba en un lugar muy incómodo al no tener los hábitos que a ellos caracterizaban, como el de entregar las tareas a tiempo o la disciplina para acatar las órdenes de los profesores. Eso provocó que rápidamente mi reputación como alumno cayera por los pisos sucios de aquella secundaria, ubicándome solo arriba de Bul, un tipo que sufría casi de retraso mental. Hasta que llegó un suceso que la mismísima ley del péndulo y mi altanería hiciera que todo tomara un rumbo diferente. Un día en el aula de clase, mientras tomábamos la asignatura de Artísticas, yo, como de costumbre, me encontraba platicando de todo menos de la clase. El delicado sonido de mi voz no permitía que el profesor continuara. En ese momento lo único que pasaba en mi cabeza era la socialización y me esmeraba tanto en eso que hacía ver al mejor vendedor del mundo como un idiota sin palabras. El profesor me llamó la atención en repetidas ocasiones y en repetidas ocasiones yo solo guardaba silencio dos segundos y después continuaba con mi conversación imperturbable hasta que la frase que derramó mi paciencia llegó emitida por aquel profesor desesperado por dar su cátedra —«que tu padre no te enseñó modales»—, acompañado de un sacudir de mi brazo. Yo reventé lleno de cólera moviendo mi brazo y golpeando al profesor intencionalmente accidental en la cara, lo que generó el contraataque de él sacándome del salon con absoluta seriedad y enviándome con la temible mujer de un metro con cincuenta centímetros que ostentaba el puesto de trabajadora social. Esa acción solo me costó una amonestación, cosa que a mí me generó incertidumbre y curiosidad, debido a que era aparatoso el golpe que el dedicado profesor paseaba por los pasillos de aquella institución. Mis compañeros en su mayoría me retiraron el habla y aquel suceso pronto se convirtió en el mito del alumno que golpeó al profesor. De nuevo quedé encerrado en mis acciones mismas, a las que, de una forma cínica y fingiendo no darles ninguna importancia, ya estaba adiestrado para enfrentar. Los días transcurrieron y en cada clase que tomaba comenzaron a aparecer mujercitas universitarias como secretarias oyentes y tomadoras de todo tipo de notas. Ellas eran inmunes a nuestros cuestionamientos. Sus bocas permanecían cerradas a cualquier respuesta o provocación de nosotros. Ellas solo observaban. Pasado algún tiempo, esas mujercitas se veían más y más en las clases, y el número comenzaba a aumentar hasta llegar a ser las cinco mosqueteras. Pareciera que se hablaban entre ellas para pedirse refuerzos a su misión secreta. Para ese entonces ellas ya comenzaban a romper su voto de silencio autoimpuesto y me preguntaban toda clase de cosas, conversaciones que yo atribuía debido a la madurez que el culto Benito presumía ostentar. El cazador se convirtió en la presa. La misión de aquellas mujercitas por fin era revelada. Yo sería el conejo con el que ellas podrían hacer sus prácticas profesionales de psicología y de acuerdo con la observación que había en mi comportamiento decidieron que una no era suficiente, cinco era el número requerido para hacer frente al problema. En otras palabras, cinco eran los problemas que ellas encontraron en mí. Aquel golpeado profesor demostró tener la ética suficiente y darme la oportunidad de continuar con mis estudios, siempre y cuando me dejara ayudar por aquel ejército de psicólogas a medio formar. Y digo oportunidad porque el reglamento marcaba que, de acuerdo con la falta que yo había cometido, era acreedor a suspensión definitiva del plantel. Sin embargo, él intercedió argumentando que era mejor brindarme la orientación y ayuda adecuada en lugar de aventarme a la calle y dejarme a mi suerte. Tal vez de Artísticas no aprendí mucho, pero él se encargó de darme la lección de humanidad que me hacía falta. Siempre le voy a estar agradecido a aquel mal profesor de arte y excelente persona que la vida me puso en mi camino.

Las mujercitas rápidamente entraron en mi círculo de amigos y se convirtieron en mis confidentes. Yo les comencé a abrir mi corazón y contarles aquellas historias que parecían desbordarse por un cauce sin rumbo. Era la primera vez que yo hablaba sin caretas. Una a una las historias fueron saliendo de mi pecho y uno a uno se fueron vaciando aquellos costales que comenzaban a encorvar mi espíritu. Ellas se sorprendían cada vez más y siempre estaban ahí para escucharme. Aquella mazmorra se convertía en un confesionario inmaculado lleno de humo de cigarro y colillas de aquellas charlas profundas que parecían limpiarme poco a poco. Comenzaron siendo cinco las mujeres que, cual soldados, estaban ahí para protegerme de mí mismo, y al final de las historias terminaron solo dos, debido a que la gravedad del caso les hizo desistir una a una, como bajas en la guerra, hasta dejarme únicamente a las dos que le darían un nuevo sentido a mi vida. Parece que las pláticas de aquellos episodios sexuales que ocurrían en La Cueva del Lobo y uno que otro episodio de drogas fueron suficientes para que las otras tres necesitaran terapia para superar el hecho de que el mundo o al menos mi mundo había sido cruel. Como era de esperarse, mi aprovechamiento en la escuela aumentó y mi comportamiento comenzó a cambiar. El trabajo de aquellas niñas rendía sus frutos. Fue tal el éxito de ellas que la tesis de su trabajo se centró en mi caso y sin darme cuenta esos fueron los dos primeros libros que mis memorias escribirían a través de la mirada y el pulso firme de ese ejército que se atrevió a enfrentarme.

La batalla había durado alrededor de seis intensos meses y mi tiempo para conquistar aquella ciudad se había reducido. Las cosas parecían difíciles. Yo no sabía dónde se encontraban los bares de ambiente y continuaba sin amigos que compartieran mi preferencia. Eran seis largos meses en los que mi precoz vida sexual se encontraba truncada. Las hormonas hacían que mi desesperación aumentara, pero mi ingenio resolvió el pequeño inconveniente con rapidez. El internet estaba al alcance de todos y en mis manos aquella caja llena de circuitos transmutaba en una caja de mago, permitiéndome encontrar las cosas más interesantes que la ciudad me podía ofertar. El único problema es que necesitaba un trampolín para entrar, o mejor dicho un chofer, dinero y mi guía de lugares donde era mi obligación dejar mi huella. En ese momento me cuestionaba por qué mi vida se esforzaba en regresar a aquel rumbo que yo me había propuesto dejar, si realmente era mi naturaleza ser don Diablo. De pronto el universo se alineó y conocí a la persona que yo estaba esperando. Todo sucedió en un segundo, mientras caminaba rumbo a la escuela. Fue un carro deportivo rojo de esos que salían en las revistas, tripulado por un hombre de edad media avanzada que fijó su mirada cual pistolas disparando directo a mí. Yo sonreí y continué caminando, mientras aquel deportivo de tres letras rondaba cuadra tras cuadra mi camino. Hasta que solo a unos pasos de llegar al inmaculado recinto educativo, me detuve y le sonreí de nuevo. Él se estacionó de inmediato y me invitó a dar una buelta. Yo accedí rápidamente, olvidándome de la escuela y recordando las expectativas que me había trazado aquel día que la ciudad me dio su bienvenida, solo que el colmillito que había estado escondido durante tanto tiempo obligó a mi boca a decir las frases perfectas para ir a conocer los lugares que mi guía encabezaba. Esa tarde fuimos a diferentes centros comerciales, donde el hombre, cuyo nombre por alguna extraña razón olvidé, me compró todo cuanto yo veía, ropa, perfumes, zapatos, incluso un celular, y por si fuera poco terminó llenando mi cartera con billetes de alta denominación. A todo eso le agregó una invitación a comer en un restaurante donde mi paladar por fin recordó aquellos sabores a los que estaba acostumbrado en mis días de gloria de Guadalajara. Lo increíble de la situación es que solo lo hacía por el simple hecho de convivir y pasar tiempo conmigo. Parecía que en cada compra que hacíamos él se esmeraba en impresionar a mi ego. Lo que él no sabía era que la careta de la indiferencia estaba trabajando a marchas forzadas, porque en algún punto sí logró impresionarme, pero yo no podía demostrarlo porque estaba seguro de que en ese momento terminaría todo. Intercambiamos números y prometimos vernos de nuevo, y así fue, nos seguimos frecuentando durante muchas semanas. Mi guardarropa se hacía cada vez más grande y yo ansiaba que llegara el fin de semana para poder verlo. Las relaciones sexuales entraron a los dos meses y el plus fue que era bueno en la misión de hacer transpirar cada uno de los poros de mi piel; sin embargo, yo cuidaba mucho de que fuera más el tiempo de las compras y menos el de la transpiración, aunque no niego que servía a la perfección como válvula de escape a mi precoz vida sexual. Él me presentó a sus amigos, todos llenos de mucha cultura y etiquetas de diseñador. El teatro, las galerías, los restaurantes y las tiendas de marca se convertían en una nueva constante en mi vida de fines de semana. Era más difícil justificar mis compras ante los hijos de mis primos que hacerlas en las tiendas. A esas alturas del partido y en esas alturas de mis circunstancias, yo ya tenía bien trabajado el papel que jugaba. Ese muchacho espontáneo que venía de afuera a estudiar y fingía ingenuidad a las cosas funcionaba a la perfección. Mi tierna seriedad y mis sorpresivas opiniones siempre dejaban a los acompañantes a nuestras comidas con la boca llena de un vacío estupefacto. En México yo no era don Diablo, solo era un joven con ganas de conocer el mundo y una madurez que no era propia de mi edad, palabras que, de acuerdo con el análisis que ellos mismos daban el diagnóstico a mi presencia, llena de misterios y muchas interrogantes. Los fines de semana se convertían en algo especial, parecido al cuento de la Cenicienta, solo que la calabaza se transformaba en carroza cada sábado y cobraba su estado natural los lunes. Para mi mayor asombro y viendo en retrospectiva todos los sábados y domingos, comía o cenaba con personas nuevas, políticos, empresarios, artistas y uno que otro andrógino diseñador nuevo de Masaryk. La condesa ya sabía de mi existencia, incluso de mis gustos. Santa fe ya no era santa, era inmaculada. Siempre encontraba cosas interesantes en ese lugar. El presidente Masaryk ya me había rendido honores. En Au Pied de Cochon ya no encontraba vino para mi paladar. La línea que transitaba se convertía en una muy delgada donde tenía que adoptar ese caminado tan elegante que tienen los gatos para no caerme. El más mínimo error en alguno de mis comentarios podría representar una catástrofe. El análisis detallado de las situaciones era examinado con la precisión de un reloj suizo. De lunes a viernes todo el panorama cambiaba. La escuela y las tareas eran el objetivo. Mis compañeros no creerían lo que yo les contaría y no tenía ninguna intención de platicarles lo que hacía. Mi presencia en los bailes escolares o fiestas fraternales de fines de semana era completamente nula, pero mi excelente gusto en cada uno de mis accesorios era fielmente identificado por todos, quienes a lo más que podían aspirar era a conseguir una mala imitación de lo que yo tenía para compararla, solo que nunca estaba a discusión, y mucho menos se hacía tema de conversación la procedencia de mis cosas. En ese tiempo yo podía haber escalado muchas posiciones dentro de la sociedad en México y convertirme en la pareja fiel de alguna de las personalidades que ya conocía, pero esa no era mi prioridad. Solo disfrutaba y me mostraba indiferente a la galantería expresionista de aquellos personajes, lo que provocaba en mi acompañante mayor interés en mí y muchos más regalos en señal de agradecimiento de aquel hombre del deportivo rojo de tres letras.

Preguntas como dónde vides o dónde estudias, yo las contestaba con una dosis de cinismo y picardía retadora, lo que generaba la duda de los que me las hacían. Ellos no entendían cómo podía contestar de esa forma, no sabían si mis respuestas eran presunción por decir que en escuela pública o solo ironía por estudiar en alguna privada. Solo se contestaban a sí mismos lo que ellos querían escuchar y creían lo que ellos querían creer. Afirmaban que mi educación no pertenecía al sector público y yo solo reía y afirmaba con mi cabeza. Para el que me conocía era sinónimo de sencillez y para mí de un orgullo empapado en soberbia. En aquella ciudad las cosas eran muy diferentes a mi Guadalajara. La cultura, las personas, los lugares incluso el ambiente se segmentaba en tantos colores como el arcoíris. Yo decidí salirme del rojo de mi ciudad y entrar en el amarillo de aquel lugar, aunque podía desfasarme con tanta tenacidad entre uno y otro, que nunca notarían la diferencia. Rápidamente vinieron a mí las ofertas para modelar o actuar, incluso propuestas que podrían hacer que el más diestro ilusionista se perdiera en la ilusión. Yo sabía que el tiempo jugaba un factor importante y, mientras más transcurría, menos oportunidad de conocer tendría. La fecha de mi regreso se acercaba y con ella el despertar de un sueño que se había convertido en realidad. Yo jugaba mucho con esa fecha y siempre hacía referencia a ese día como recordándole al hombre los segundos que tenía que aprovechar, y él respondía esmerándose en impresionarme para que mi opinión cambiase y decidiera quedarme a hacerle compañía. Otro como yo no lo encontraría en una de las ciudades más habitadas del mundo, esa era su certeza. Mi corazón nunca se dejó conquistar por él, pero mis instintos algunas veces sucumbían a sus atenciones. El podador Benito se había convertido en un hombre nuevo más frío y calculador, menos altanero y más refinado. Mis comentarios eran objetivos y mis metas, más claras. Aquel diamantito en bruto comenzaba a brillar. Por fin entendía poco a poco la diferencia del ambiente que él conoció con Daniel y el ambiente en el que estaba viviendo. Las drogas ya no eran una constante y las desveladas dentro de los antros tampoco. A veces pienso que eso me daba cierto misticismo a los ojos de los demás. Aunque yo me muriera de ganas de entrar a aquellos lugares, solo lo hacía por poco tiempo, porque siempre tenía a alguien en casa que me esperaba, «mi tía».

También durante mi estancia en aquella ciudad tuve otro tipo de experiencias más propias de mi edad. Recuerdo la vez que, regresando de la escuela, mi primo y yo encontramos un televisor en la calle de los años ochenta de bulbos. Decidimos tomarlo y llevarlo a aquella mazmorra para, poco tiempo después y ya entrada la noche, tirarlo por la azotea solo para saber qué se sentía. Claro que la explosión fue tal que las alarmas de los carros de la cuadra se encendieron todas y la gente se asomaba por las ventanas. El castigo fue al siguiente día, cuando tuvimos que recoger aquel tiradero a la mirada de aquellos vecinos molestos por tremendo estruendo.

Así vivía mi vida entre semana. Hacía travesuras propias de un puberto y los fines de semana las actividades de un hombre refinado y con el gusto del un sofisticado conde. Hasta que por fin llegó el día de mi regreso. Las clases terminaron y con ellas mi estancia en aquella mazmorra que había sido testigo de tantas y tantas aventuras. Los días de glamur en la ciudad se escurrirían en la mente de los que me habían conocido. Mi despedida de aquel hombre del deportivo rojo fue un tanto caótica. Él no se resignaba a la idea de que yo me marchara y entre lágrimas y promesas le di un final de novela a aquella relación. La nostalgia me invadía y una sensación muy rara se empezaba a apoderar de mí. Yo ya me encontraba listo para partir y regresar por la bendición de aquella imagen que una vez me había dado la bienvenida en esa central encapsulada en el tiempo. La mirada hacia atrás no sucedió y yo solo continué hacia delante, para ver qué sería lo que me esperaría en mi Guadalajara querida. Las dudas hacían su cosquilleo en la panza. A veces pienso que mi familia tendría más incertidumbre de mi regreso al querer ver cambios en mí, pero solo nos limitamos a no decir nada y dejar que el tiempo transcurriera de una forma cordial, siempre con el respeto de el espacio propio.

CAPÍTULO XIII
EL REGRESO

La chispa ocurre.

En esta parte de el libro, y a unos quince días de quitarme la vida, no sé qué es lo que está sucediendo dentro de mí. Hay un sinfín de emociones que embargan a este cuerpo. Ahora que veo las cosas en retrospectiva, me doy cuenta de que no he sido tan cobarde como yo me recordaba. Creo que he tenido mucha fuerza en muchas ocasiones y que en mi vida el único que ha gobernado he sido yo. Y como en todo gobierno, existen las buenas y las malas decisiones, y muchas de las cosas que me han sucedido han sido por haber tomado malas decisiones, no porque la vida se haya ensañado conmigo. Para mi edad puedo decir que he tenido una vida llena de altibajos, pero a final de cuentas la he vivido al máximo a cada paso que he dado.

Cuando regresé a vivir a mi Guadalajara, las casas ya eran diferentes. Mi familia había cambiado, mis amigos también, mis vecinos ya no eran los mismos, y lo más importante, yo ya no era el mismo, mis ideas eran completamente diferentes, la percepción que yo tenía de las cosas se había esfumado como poniéndome de nuevo el libro en blanco para que yo así pudiera reescribirlo.

Las cosas con mi mamá se encontraban más relajadas. Mis hermanos ya se habían hecho a la idea de tener a un hermano gay. Mis amigos parecían haber pasado por un proceso de control de calidad y únicamente quedaron los que poco después se convertirían en mis hermanos.

Javier y yo seguimos frecuentándonos y nuestras salidas a aquellos bares de Guadalajara ya no eran suficientes para nosotros. Recuerdo que en una ocasión nos sentamos a platicar en su casa y prometimos estar ahí siempre el uno para el otro. Un poco gay la propuesta, pero al final solo él y yo entendíamos la magnitud y delimitación de aquella promesa. El hombre del deportivo rojo pronto pasó a segundo término y yo rápidamente lo olvidé, aunque él venía a Guadalajara todos los fines de semana como le fuese posible, pero como era de esperarse, el interés de él se perdió al yo perder el interés en él. Ese periodo breve de mi vida fue muy tranquilo. El glamur había terminado y con las todas las pretensiones que lo adornaban yo comenzaría a estudiar la preparatoria. Nuevas caras formarían parte de mi vida. Aventuras nuevas tendrían que hacerse espacio en mi desocupada agenda. Al decir desocupada lo digo de forma retorica, en realidad no tenía más obligación que presentarme en la escuela y hacer tareas, lo que dejaba un hueco muy grande de horas para cubrir con aquellas aventuras. Ya nos habíamos comido la ciudad, ahora hacía falta encontrar otro lugar para alimentarnos. Como era de esperarse, fijamos nuestras miradas en Puerto Vallarta, destino turístico por excelencia y a solo cinco horas de distancia. En uno de esos viajes al paradisiaco y prometedor puerto, conocí a quien se convertiría en uno de mis grandes romances, Víctor, un hombrecito de diecinueve años, pelo rubio y un poco despeinado y crespo, cuerpo delgado al punto de estar casi escuálido, y una piel casi transparente, de esas que se ponen rojas con los rayos del sol y jamás conocen el bronceado. Él se acercó a mí de manera muy tímida. Creo que fue su timidez la que me hizo abrir ese umbral de curiosidad y responder a esa galantería de burgués nuevo en el mercado de las carnes. Él representaba para mí todo lo opuesto, todo aquello que yo alguna vez quise y nunca tuve, y yo representaba para él el atreverse a romper las reglas. Juntos haríamos una buena pareja. Para contextualizarlos les voy a narrar cómo fue el momento exacto de la chispa.

Yo me encontraba tirado en la arena a la orilla de la famosa Playa de los Muertos, mientras miraba al cielo y pedía con fervor estabilidad en mi vida. Vi pasar a Víctor. Caminaba de una forma chistosa, como en zigzag, para evitar ser tocado por las olas del mar. Yo lo miré fijamente a los ojos y él correspondió a aquella mirada con una sonrisa tímida, a lo que yo continué con un gesto como invitándolo a sentarse, pero él continuó su camino, dejándome apenas ver la curvatura de su espalda tocada por aquel sol de verano. Víctor ya había logrado penetrar en una parte de mí, mínimo mi curiosidad, ya había despertado y mi tenacidad estaba a poco tiempo de ponerse en juego. Ese día se encontraba Javier a mi lado en compañía de uno de sus tantos noviecitos. Yo era el chaperón, lugar al que ya me había acostumbrado, aunque al final vamos todos en igualdad de condiciones. Ese día mi mente se quedó trabajando e imaginando cómo sería mi vida al lado de aquel güerito de cuerpo escuálido. Fantaseé de muchas maneras, le hice el amor en mi mente y después viajé por el mundo agarrado de su mano. Claro que la ficción supera a la realidad y la realidad era que él se había esfumado junto con su sombra en el horizonte de aquella playa. El pez no mordió el anzuelo en ese momento. Pronto llegó la tarde y con ella nuestra ansiedad para irnos de antro y continuar con la conquista de aquel paradisiaco puerto. Ya instalados en el hotel y con la prisa que te da el querer llegar bien vestido al bar, comenzamos a arreglarnos. Cada cual tenía su estilo, unos más conservadores que otros y otros más estrafalarios que unos, pero al final, muy al estilo de *Sex and the City* versión México, salimos a la conquista de ilusiones. Recuerdo que caminábamos con tremenda seguridad, haciendo zanja en el piso que tenía la gloria de soportar nuestros pasos. En mi mente solo pasaba un pensamiento, una idea que o se volvía realidad o se convertiría en una ilusión: Víctor. Los cuestionamientos sobre la entrada al bar correcto eran las interrogantes que me embargaban. ¿Cuál sería el bar donde aquel hombrecito entraría? ¿Sería mexicano o tendría problemas de comunicación? Pero todo cobró sentido y tomó rumbo cuando al voltear mi cabeza se detiene el tiempo y lo veo entrar a un antro de mucho renombre. Lo mejor de la situación es que se encontraba solito, como un pobre pez beta. Pero ahí estaría yo para hacerle compañía. Me acerqué con rapidez a la entrada de aquel lugar, dejando atrás al grupo. Javier ya se imaginaba algo de mi lúgubre plan, así que hizo lo mejor que pueden hacer los amigos en determinada situación, alejarse y desearme suerte en silencio y compañía de su fiel anuco o noviecito. Yo me planté en la entrada de aquel lugar, utilicé ese porte o poca natural que ya tenía perfectamente ensayada, y era infalible a la indiferencia y entre mis hijos no podían bajar más de la mitad de mi propia mirada y mis pasos tenían que ser firmes y sueltos a la vez. Me recargué en la barra y pedí una cerveza, rompiendo con la costumbre aquella del Martini o cóctel pomposo a la que estaban acostumbrados a ver los bármanes. La norma no aplicaría conmigo. La seguridad era mi estrategia. Yo tenía perfectamente claro que el estado de éxito de una persona era un estado de atracción y no habría por qué no funcionar en esta ocasión. Prendí un cigarro y con una sola mirada fue suficiente para atraer la atención del escuálido bien vestido. Él fijo su mirada con la mía y lo único que percibí fue una dosis de nerviosismo disfrazada de una bocanada de cigarro, seguida de una tos que solo reflejaba su inexperiencia. Eso lo confirmó todo. Ahí me encontraba yo, el tiburón de mar frente a aquella pobre carpa de río, con una sonrisa retorcida y un levantar de brazo como diciéndole: «Salud». Lo saludé y él con una sonrisa temerosa y un movimiento de cabeza apenas perceptible correspondió. Eso fue la señal que me indicó que la puerta se encontraba abierta. El pez había mordido el anzuelo. Yo comencé a caminar a su lado de la barra mientras él movía sus ojos a todos los puntos que podía encontrar. Ya frente a frente sus hijos se centraron en mí. Y al decir en mí me refiero a mi cuello u orejas, pero nunca a mi centro, nunca pudo sostenerme la mirada. Comencé a cuestionarlo sobre su origen y su residencia, preguntas que significaban mucho para la decisión sobre el tiempo que invertiría con él. Si era de Guadalajara el tiempo se alargaría y yo pondría seriedad y empeño para lograr hacer una buena conexión y convertirla en una relación; si la respuesta representaba una ciudad más lejana, el tiempo que yo invertiría sería solo el justo para llevármelo a la cama. Para mi sorpresa y curiosidad Víctor pertenecía a mi misma ciudad, lo que significaba la implementación del plan A, que consistía en despertar en él el interés de quererme conocer dando mi información a medias y jugando al corazón roto por las malas acciones de los hombres que había conocido. Él, conmovido por ver a tremendo cemento solterito y vulnerable, soltó todas sus armas y rápidamente su nerviosismo y timidez se convirtieron en brazos sedientos de acogerme y cuidarme. Yo me esmeraba en explicar las razones por las cuales jamás me volvería a enamorar y él se esforzaba por darme las soluciones y las razones por las cuales aún existían en el mundo hombres de buen corazón. Hasta que llego el momento en que hice la pregunta directa, lo que representaba el primer golpe disfrazado de ternura, pero golpe a final de cuentas: «¿Tú te podrías enamorar de mí?», a lo que él contesto con un apresurado sí, lo que me dijo que aquellas fantasías que horas antes tuve en la playa tenían la posibilidad de convertirse en realidad. El tiempo transcurrió y con él los tragos, hasta que salimos del lugar a punto borrachos, terminamos tirados en aquella playa. La arena se metía por todos los lados de la ropa, mientras nosotros continuábamos hipnotizados por la conversación y embriagados con el escenario. Yo jugaba al imprudente y al atrevido quitándome toda la ropa y entrando al mar retándolo con la mirada y uno que otro pasito sensual. Comencé por desabrocharme la camisa, botón por botón, mientras lo besaba lentamente y sonreía fingiendo no saber lo que hacía. Mi camisa se deslizó y cayó en la arena a lado de los zapatos que ya me había quitado. Víctor solo repetía una y otra vez que yo estaba loco y yo le contestaba que él era un gallina. Me aleje de él dándole la espalda y desabrochándome el pantalón, dejando que me viera desnudo y apenas tapándome con el agua del mar, dando a la imaginación suficiente material para que su sueño erótico se comenzara a hacer realidad. Él me siguió y durante unos momentos pareció no importarle nada. Corrió a mí y comenzamos a besarnos. Nos abrazamos muy fuerte, como queriendo quedar enterrados uno en el otro. Nuestros cuerpos se sentían calientes y parecían engomar perfectamente bien uno con el otro. La luna daba brillo a nuestros ojos y las estrellas ayudaban a adornar el escenario. Cada uno de nuestros poros transpiraba de tal forma que el mar parecía unírsenos en una orgia, creándonos burbujas que acariciaban nuestros cuerpos. El viento alertaba nuestra sensibilidad y la arena solo resbalaba de forma lenta por nuestras espaldas. Nuestros sentidos se alertaban en segundos y se dormían en otros. El hueco en el estómago era una constante, pero esa adrenalina de no saber quién distinguiría nuestras figuras nos daba una sensación más que disfrutar. El ilusionado Benito se encontraba enamorado. La chispa ya había ocurrido, lo impensable cobraba forma. Es muy cariosa la vida al ponerte situaciones irónicas. Por un lado, me encontraba viviendo un romance muy intenso, lleno de pasión y dramas, y por otra parte crecía en mí una necesidad inmensa de salirme de mi casa. El nido se me hacía chico y la ciudad no me llenaba. El romance era bueno, lo que no era bueno eran mis acciones. A final de cuentas, perro que traga huevo, aunque le quiebren el hocico, dicho de mi abuela que aplicaba a la perfección en mí, y es que mi interés en aquella relación idealizada comenzaba a desaparecer. Yo ya me encontraba afuera del clóset, mientras que Víctor se encontraba en esa transición, situación que ahogaba todos y cada uno de los momentos, al reflejarse en una sinfonía de llamadas por celular con su madre como buen hijo de familia, seguidas de un interrogatorio sobre dónde, cuándo y con quién se encontraba. Víctor se gastaba en mí los pocos pesos que su preocupada madre le daba. Claro, después de ponerle gasolina a su carro, aquella cantidad se veía afectada, al igual que la pasional relación. Debo confesar que nunca le puse el cuerno. Sin embargo, ganas y oportunidades nunca me hacían falta, hasta que un día que, recuerdo como si hubiese sucedido hace cinco minutos, lo cambiaría todo. Era 23 de diciembre cuando yo me encontraba en el centro de una sesión fotográfica y Víctor cargaba mis cosas, entre las que se encontraba mi teléfono celular. Él ejemplificaba la imagen de novio apoyador, mientras yo interpretaba la de un chavito con ropa muy cómoda al compás de las cámaras, cuando de repente solo vi que él hablaba con mi teléfono. No presté mayor interés ni importancia, la premura de las fechas y del tiempo no me permitieron pensar que el teléfono es privado, y peor aún, que ese día me había quedado de ver con un ligue nuevo que a mi ver estaba bastante prometedor para una noche de pasión de esas que olvidas al siguiente día y recuerdas a la semana cuando las ganas te matan. Víctor solo se limitó a dejar mis cosas sobre una silla y dio la media vuelta. Nunca más volví a saber de él. Lo que fácil llega rápido se va y al parecer con el corazón roto sentimiento que no dependía de mí, peor la situación. Nunca se concretó dicha cita debido al cansancio que me había provocado tremenda jornada de glamur. Yo lloré a Víctor los siguientes tres días que no me contestó el teléfono, pero fuera de eso entendí que no era para mí y solo lo dejé ir de mi mente, convirtiéndolo solo en un recuerdo de algo que no funcionó, pero me dejó una buena experiencia y una excelente conclusión: yo no estaba hecho para tener a una pareja de mi edad, estaba hecho para ser libre o para estar solo, es algo que a estas alturas aún no logro saber con exactitud. En ese tiempo ya había jugado con fuego. Solo me hacía falta materializar ese sentimiento y sabía a la perfección con quién poner en práctica el tiro al blanco o la venganza que estuve guardando durante años. Lo único que necesitaba el vengativo Benito era una estrategia.

CAPÍTULO XIV
LA VENGANZA

«La venganza es un plato que se come solo.
La temperatura depende de la pasión que
le pongas al cocinarlo»

Dicen que la venganza solo envenena el alma, pero la mía ya se encontraba envenenada desde hace muchos años atrás, desde aquellos encuentros dentro de La Cueva del Lobo. La diferencia es que ahora con más edad y con muchos trucos bajo la manga la igualdad de condiciones se daría, para poder enfrentarme a Daniel tenía que pensar como el y ver las áreas de vulnerabilidad por donde atacaría, las mujercitas de México me habían hecho ver las cosas de diferente forma, ahora sabía que tenía muchas cosas a mi favor, que mis debilidades podrían convertirse en mis fortalezas, tendría que actuar como el, incluso sentir como el, para lograr ver ese espacio por donde clavaría la daga. La estrategia comenzaba a tomar forma, el jugar con fuego ya no sería una retorica ahora se convertiría en algo literal, pensé como envenenarlo, dispararle, ahorcarlo incluso infectarlo de alguna enfermedad mortal pero lo que mejor me sabría sería verlo hecho pedazos, ver como se desquebrajaría el solo al enfrentarlo con sus propias armas, esas armas que el sabía usar a la perfección en los morros que pasaron por su casa como almas devoradas por la sombra de aquel maldito pedófilo con las manos ensangrentadas. Necesitaría dinero, un buen carro y una pistola solo con una bala, que esta misma estaría destinada a atravesar por su cráneo hasta dejarlo sin vida, aún ese castigo para aquel enfermo se me hacía pobre, mi cabeza daba vueltas y vueltas buscando la combinación exacta para poder abrir esta caja de pandora que años atrás había decidido simplemente olvidar, pero ese odio que sentía a aquel enfermo sin alma me estaba consumiendo.

Comencé por ponerme en contacto con los integrantes de mi generación de aquella terrible experiencia, fui a buscarlos uno a uno y una a una fueron convirtiéndose en grandes mis sorpresas al enterarme que muchos habían muerto o desaparecido en circunstancias diversas y los pocos que encontré no querían tocar el tema incluso la demencia se había apoderado de alguno y las drogas de otros, esta lucha sería un mano a mano. Recolecte periódicos donde aparecían madres desesperadas buscando a sus hijos desaparecidos y comencé a acercarme a una de ellas, fue un reto encontrar la dirección de aquella mujer desesperada por el paradero de su hijo, la foto era vieja y no muy clara, el nombre de el muchacho parecía estar borrado por el paso del tiempo pero el rostro de la señora era inconfundible, me remonte a la secundaria y sus alrededores y como vil detective de pelicula con foto en mano comencé a preguntar por el rostro de la mujer, no paso mucho tiempo antes de que alguien me dijera que a esa mujer le apodaban la llorona y que se le podía encontrar en los mercados lamentándose por no encontrar que disque a su hijo, esas palabras aumentaron mi ira y solo fue cuestión de pocas horas antes de poder dar con el paradero de aquella mujer que no perdía la esperanza de encontrar a su hijo. Frente a frente vi a una mujer de pelo canoso y figura muy delgada los años le avían cobrado una factura muy alta y la pena se había encargado de que ella la pagara, me acerque lentamente y con voz tenue le dije que me interesaba conversar con ella, tomo mi brazo con fuerza y con una mirada vaga me pregunto si yo sabía algo de su hijo Leonardo me mostro una foto de un niño de aproximadamente catorce o quince años el que se me hizo un poco conocido, yo tome a la señora con mi mano y le invite un café aunque ella lo que en realidad necesitaba era comida, la lleve a un lugar donde podríamos platicar y procure que el tiempo no fuera un obstáculo o limitante entre nuestra conversación, le pedi que me contara su historia sin prometerle que yo la podría ayudar aunque ha esas alturas del partido el escucharla se convertía en una tremenda ayuda para el desahogo de su pena, ella me conto con voz quebrada la historia de su hijo que desde que desapareció su matrimonio y su vida completa se vinieron abajo, el era un muchacho joven y había desaparecido a los 15 años salió de fiesta por la noche y ya nunca se supo más de el, yo le pedi que me contara más sobe el muchacho y ella cual derramar de una cascada me hablo de lo bien parecido y afortunado que era su hijo, del corazón tan grande que tenía y la fuerza que poseía al sacar adelante a su corta edad a ella y a su hermana, me hablo de las excelentes calificaciones que tenía en la secundaria y en el momento que toco la parte sobre las personas que lo rodeaban ajenas a su familia note como la mirada se clavo en la nada y comenzó a quebrarse su voz.

Yo me puse un poco nervioso al escuchar la historia de tremenda tragedia, ella aseguraba que carros lujosos pasaban por el a su casa pero en esos tiempos no prestaba mucha atención a lo que sucedía, su hijo era parte del sustento y lo consideraba lo suficiente maduro como para saber alejarse de las malas amistades, al contrario ella pensaba que esos carros de revista solo podían albergar a buenas compañías, rápidamente yo me remonte a mis tiempos en aquel lugar descifrando así que la dinámica era la misma, la mujer continuo platicándome como su hijo comenzó a volverse un poco distraído y un tanto agresivo hasta que un día no llego a dormir y los días subsecuentes solo su ausencia se hacía notar, ella llamo a la policía y su hija compartía fotos de el pero solo tenían fotos de el muy viejas y no servían de mucho, la mujer desesperada comenzó a faltar a trabajar para poder pararse en la escuela e interrogar a sus compañeros pero nadie sabía que le había ocurrido, su marido rápidamente se desprendió del problema y al no ser un consanguíneo de el fue más fácil que el matrimonio se desquebrajara, ella gasto todo su dinero poniendo anuncios en diferentes periódicos y sobornando a uno que otro policía que lo único que hacían era darle falsas esperanzas, así perdió su casa rentada y a su otra hija al ella decidir irse con su padre, la mujer no perdía la esperanza de encontrar o ver a su hijo en algún lugar, ya había visitado hospitales, morgues, centros de acopio, penales y cárceles para menores, en dos ocasiones le hablaron para hacer reconocimientos de cuerpos pero afortunadamente no era aquel muchacho guapo e inteligente que ella buscaba con tanta desesperación. Yo conocía las dinámicas y modos de operación de Daniel y en el fondo sabía que el tendría una respuesta para aquella mujer lo difícil sería el abordarlo y tenerlo frente a frente. Termine la conversación con aquella madre inconsolable que su pena la hacía loca ante los hijos de los demás, pero ella y yo sabíamos que la locura no estaba presente en esa conversación.

Consegui la pistola y una sola bala, el dinero llego a mi por medio de el hombre del deportivo rojo ahora solo faltaba hacer mi entrada y lograr llevar a cavo aquella venganza que tanta falta me hacía.

Se acerco la noche y con ella mi premura de hacer la visita al hombre que había devorado tantas almas y que había lastimado la mia, me arregle cuidadosamente, use mis mejores pantalones y camisas, mi cuidado tenía que ser extremo porque yo sabía que sin invitación esa sería la única forma en que podría entrar de nuevo a La Cueva del Lobo. Tomé aquel carro deportivo que había conseguido y comencé a manejar con el firme y único propósito de cobrar de forma fría aquella venganza que había guardado tanto tiempo. El rencor recorría mis venas y se reflejaba en las altas velocidades que plasmaba en el pavimento. En mi mente solo pasaban las escenas que viví estando ahí y siendo apenas un niño. El tiempo se detenía en mis oídos y mi mente me forzaba a pensar con cuidado cuál sería la manera en que aquella venganza tomaría su forma. El viento rozaba mi rostro y se llevaba en él una que otra lágrima que emanaba de mis ojos. Nunca voy a olvidar el cosquilleo que sentía en el estomago ni la furia que recorría cada uno de los poros de mi piel. Yo por sí solo transpiraba fuego y rabia, hasta que, después de un trayecto que pareció infinito, por fin me encontraba frente el portón de la mención que albergaba a La Cueva del Lobo.

Para mi sorpresa el carro fue mi tarjeta de presentación, ya que el portón se abrió inmediatamente. Entre transmutando todos los pensamientos de odio y rabia a solo estrategia y frialdad. Daniel salió a recibirme y la sorpresa fue para ambos. Él me miró fijamente y se detuvo en cada uno de los detalles que me acompañaban: el reloj, los zapatos, los pantalones, el cinto, la camisa y por supuesto el automóvil. Después su mirada se fijó en mis ojos y yo tomé toda la seguridad que se encontraba a mi alcance y lo saludé con voz fuerte y amistosa pintando en mí una sonrisa y abriendo los brazos de forma fraternal. Él me correspondió el saludo con rapidez y el abrazo me lo dio con fuerza. Esos segundos que duró el abrazo mi cuerpo se estremeció como si me hubiera congelado y fulminado, recordándome todo lo que viví en ese lugar a profundidad. El olor de su cuerpo transmitió a mi ser un miedo aterrador. Dicen que el olfato tiene memoria y el mío parecía recordarlo todo. Una vez terminado el protocolo del saludo me invitó a pasar y cuando caminaba vi cada uno de los rincones de esa casa. El olor a cigarro y alcohol que transpiraba por los muros era completamente identificable. La sensación de muerte y frío de la atmósfera llenaban aquel lugar. Entré nuevamente a la sala de juegos con la vista a la alberca y ahí se encontraban dos pobres niños que apenas tocaban los trece años jugando con pelotas y con sus miradas como buscando la inocencia que el desgraciado de Daniel les había robado. Yo fingí indiferencia y me centré únicamente en mi objetivo. Me invitó a tomar asiento y a platicarle qué había sido de mi vida. Yo, exagerando de manera muy sutil para que fuera creíble, le conté el increíble éxito que había obtenido a mis diecisiete años. Le conté de mi estancia en México y de cómo un millonario se había convertido en mi respaldo. No oculté mi homosexualidad y continué hablándole de aquellas experiencias robadas del grupo de amigos de México. Le dije que había viajado a Europa y que había conocido a mucha gente importante. En el fondo yo sabía que esas historias seducían su alma negra. También le hablé de las terapias que había tomado y comencé a profundizar y densificar la conversación. Poco a poco fui entrando en sus sentimientos y moviéndole lentamente sus recuerdos. Comencé a presentarle cuestionamientos que muy sutilmente fueron penetrando como dagas a su pecho. Fingí un poco de interés en su vida, preguntándole de su infancia, incluso de sus padres, pero Daniel entre el hermetismo que lo caracterizaba dejaba entrever pocas cosas sobre su pasado. Ahí es donde se encontraban las áreas de vulnerabilidad y ahí es donde yo comenzaría a escarbar lenta pero muy profundamente, cual torturador en la Inquisición. Le pedí que dejara ir a esos dos pobres muchachos a su casa para poder continuar con nuestra conversación y él accedió con un poco de entusiasmo. El chofer los llevó a sus casas, lo que nos proporcionó a Daniel y a mí una atmósfera más romántica y hasta cierto punto fúnebre. Continuamos sentados y comenzamos a tomar *champagne* para celebrar nuestro rencuentro y para que los sentimientos se aflojaran un poco. Yo me había tomado con anterioridad un par de pastillas para que el alcohol no hiciera su magia en mí y así poder ver la reacción en él. Por fin, cual armadura pesada, comenzó a caer lentamente su defensa y a dejarme ver la carne viva de aquel animal que necesitaba ser aniquilado. Mis cuestionamientos continuaron preguntando qué lo llevaba a hacer todo lo que hacía y si alguna vez había sentido pena por alguien. Para mi sorpresa una lágrima en su rostro me dijo que sí y un silencio en su boca lo confirmó. Comencé a hacer recuento de los niños de mi generación y dónde habían terminado los que seguían con vida e insistí en que lo único en común que habíamos tenido todos era él. Esa fue una de las estocadas que le había dado, pero aún faltaban muchas. Quería llevarlo a un punto de quiebre donde él mismo se viera en el espejo y no se soportara. León terminó en un costal muerto y hecho pedazos por una negligencia y una atrocidad provocada por él, claro, la misma que me salvó la vida a mí. Así como él muchos terminaron en costales y torturados para que los clientes de deleitaran. El dinero que tenía estaba lleno de sangre y su vida llena de deudas morales que pagar. Pregunté si en las noches podía dormir, si no se escuchaban gritos o llantos en los muros de esa casa, si el remordimiento existía en su mente o si solo era un cuerpo sin alma. Pregunté cuántas muertes más eran necesarias para llenar su sed. Pregunté si no tenía temor a la condena divina. El alcohol hacía su trabajo a la perfección mientras cada una de las lágrimas que derramaba me llenaban de placer y aumentaban mi valor. Ahora yo tenía el valor que de niño él atormentó. Le sugerí el suicidio como buena salida y la pistola con una sola bala quedó frente a él como llave a la libertad. Incentivé a que continuara tomando y comencé a usar los mismos trucos que él algún día me enseñó, el arte de tomar sin tomar, el arte de hacer perder la cabeza al cliente sin que nosotros la perdiéramos. La diferencia es que en ese momento la igualdad de condiciones había desaparecido, él se encontraba abierto y yo arrojando flechas a cada una de las partes de su cuerpo, dejando el corazón para el final. Él se levantó tambaleando un poco y comenzó a tirar cosas con sus brazos, como retorciéndose del dolor por dentro. Yo continué sentado sin hacer expresión alguna, solo le repetía los nombres de los desaparecidos y la soledad de su vida. Eso parecía dolerle y penetrarle con el mismo ímpetu con el que nos penetraban a nosotros. Sus lágrimas se convertían en sangre y sus gritos, en gemidos de agonía. El suicidio podría dar fin a su dolor, pero aún faltaba más espectáculo que dar. No me iría dejándolo solo moribundo. Los ánimos comenzaron a calentarse, hasta que por fin me levanté de la mesa en una sola pieza y comencé a gritarle de forma enérgica todo el daño que me había causado y lo mucho que batallé para superarlo. Continué gritando uno a uno los nombres de las personas que habían perdido la vida en esa casa uno a uno, los abusos que el había cometido con los pobres niños indefensos. Le refresqué la memoria de cómo los torturas y los golpes dejaron huella en los corazones de las inocentes que él con engaños había atraído a el infierno, donde él se había convertido en el mismísimo demonio. Él continuó arrojando cosas y gritándome que me callara. Justificaba sus acciones argumentando que él fue un niño abusado, que él fue un niño golpeado, y yo respondí que ningún abuso y ningún golpe se comparaba con la tortura más tenue que habíamos recibido estando en su dominio. Daniel tomó la pistola y la apuntó hacia mí. Yo me paré frente a él y me acerqué lentamente al arma. Él cambió la trayectoria del cañón y la puso en su cabeza. Yo salí de aquella casa dejándolo moribundo y ahogado en alcohol. Mientras abría aquel carro prestado escuché un disparo, y mientras el estruendo del disparo se escuchaba yo sentía en cada uno de mis poros una liberación de rencor que nunca podré equiparar con cualquier otro sentimiento o sensación que haya tenido.

Tiempo después en el periódico vi la nota que decía que Daniel se había disparado en la cabeza y para su mala suerte la bala solo pasó por una parte de su cerebro, dejándolo como vegetal, sin poder tener movimiento alguno. La sensación de gozo embargó mi ser, más aún cuando al llegar al lugar de los hechos la policía encontró tantas y tantas cosas que lo incriminaban como un pedófilo y proxeneta. Los perros de la policía encontraron una fosa a unos metros de allí donde cadáveres de 39 niños se encontraban descuartizados. Una gran fila de madres y padres rodeaba el lugar tratando de distinguir a sus hijos entre los cuerpos revueltos de aquel fúnebre descubrimiento. Las noticias dieron difusión a la nota y todo México se unió al luto de las mujeres y hombres que llorando trataban de reconstruir los cuerpos de sus hijos. Entre ellas se encontraba la llorona, demostrando que no estaba loca. Su hijo por fin descansaría en santa sepultura y el alma de esa mujer podría dejar de bajar. La vida no se equivoca y la muerte menos sabe de qué forma llevarse a las personas. Daniel quedó en un centro de mala muerte sin poder hacer ningún movimiento y expuesto a los abusos que el personal de aquel lugar le propiciaban al saber que él era el responsable de tantas muertes, soportando los golpes y gritos que en su estado no podría responder jamás. Como era de esperarse, solo fui a visitarlo para cerciorarme de que su infierno durara la mayor cantidad de tiempo posible y a sonreírle con el mismo estilo con el que él alguna vez sonrió. La venganza del niño interior de Benito por fin había cobrado sentido. Como espina estaba clavada en su corazón y sin darse cuenta en esa acción perdió algo de humanidad, pero evitó que muchas vidas más se perdieran. Solo sucedió y mi cuerpo lo agradeció.

CAPÍTULO XV
POR FIN LLEGÓ EL DÍA TREINTA

«Cuanto más obscura está la noche, mejor se pone el ambiente»

El buen Benito y yo siempre hemos sido la misma persona. Benito es el que siempre ha tenido el coraje y la fuerza para enfrentar lo que sea. En el fondo yo admiro a Benito, porque sabe perfectamente bien cuál es su grado de maldad. A veces yo mismo tengo miedo de encontrármelo en el espejo. Muchas veces he tratado de desprenderme de él, pero el matarlo significa eliminar parte de mi esencia, y eso es lo que alguna vez me hizo sentir especial. Siempre pensé que yo iba a ser alguien que cambiara el mundo, que tendría impactos positivos en mucha gente. Hoy es el día treinta, cuando prometí cortar estas venas donde la sangre parece correr cual caudal de energía a punto de reventar. Este día es cuando el rentero fielmente, cual reloj de catedral, viene a tocar mi puerta y a recordarme que es el momento de pagar mi karma. Hoy en particular me siento cansado. Sé que no soy especial ni que he hecho nada que me haga diferente. No sé si estoy cansado de sobrevivir o de tomar malas decisiones. Nunca me ha gustado verme ni sentirme vulnerable. La mochila que llevo cargando necesito vaciarla de tantas actitudes, costumbres, ideas, complejos, inseguridades y temores. Creo que tal vez por eso cuando pienso en eliminar al codependiente Benito que se alimenta poco a poco de mí no me atrevo a hacerlo porque solo él sabe cómo debo de actuar. Él me ha ayudado a seguir adelante. Si hoy es mi último día solo quiero cerrar los ojos e imaginar que ese hombre que vi en la cama 410 me abraza tan fuerte, haciéndome sentir que por fin llegó el momento de descansar. Quiero volver a ser ese niño de siete años y pensar que no tengo que defenderme del mundo. Quiero darles más valor a los valores que a las posiciones. Quiero sentirme libre y disfrutar de esa libertad sin hacerle daño a nadie, sin jugar con los sentimientos de nadie, sin mentir, sin necesitar de drogas para anestesiar los sentimientos, sin el temor de que aparezca Benito a sabotear mis anhelos y a recordarme que la gente no es buena poniendo en primer lugar sentimientos de odio, venganza, envidia o temores. Hoy me doy cuenta de que este cuerpo ya no me es suficiente para contenerme. Mi cuerpo está sucio, mi cuerpo está corrompido. Hoy más que nunca siento cómo comienza a desprenderse el alma de la carne. El miedo y el odio comienzan a atenuarse. Comienzo a dejarlos atrás y, por más que Benito se aferre a no soltarme, ya es demasiado tarde, ya comienzo a ver la silueta de mi papá. Siento la mano de León y, aún mejor, ya logro distinguir su sonrisa y ver su rostro. Ya no siento vergüenza ni odio. El perdón a mí mismo y a mis agresores comienza a hacerse presente y es un sentimiento agradable. No sé si el tiempo que estuve viviendo tantas y tantas aventuras aproveché esos valiosos momentos o solo los malgasté en tonterías, sin lograr darle un sentido a mi vida, que desde aquí se ve como una vida que fue bella pero difícil y no logré entregarme lo suficientemente fuerte a alguien o a algo ni a una causa que le diera ese sentido, dirección y rumbo a mis acciones. Aprendí a sobrevivir a todo, pero nunca pude detener al buen Benito, no aprendí a sobrevivir a mí mismo.

La justicia del hombre no existe y la relatividad del valor de nuestras acciones siempre va a ser juzgadas. Nuestros motivos solo serán importantes para nosotros mismos y la ayuda de afuera estoy seguro de que puede existir y ser bienintencionada. Yo no quería crecer tan rápido. Debí hacer menos preguntas y buscar más guías que me sirvieran para hacer crecer mi corazón. Sin embargo, esto fue lo que me tocó. Pero ahora desde donde estoy solo puedo decir que la próxima vez trataré de hacerlo mejor. Con suerte me encontraré a un Jorgito que me cuide a diario, que me entienda y que esté ahí para mí, para sacar mi mejor versión, me enseñe valores y sobre todo me enseñe que el amor lo puede todo, comenzando por amarnos a nosotros mismos para entregar la mejor parte a las personas que nos rodean. Por fin siento paz, por fin logro fundirme con esa luz marfil que me envuelve y cura esas heridas que no me permitieron continuar con esa vida que se veía tan prometedora a los ojos de todos menos a los míos. Ojalá hubiese logrado verme a mí mismo con los ojos con los que me ve Dios.

www.ingramcontent.com/pod-product-compliance
Lightning Source LLC
LaVergne TN
LVHW091601060526
838200LV00036B/943